KB072377

생은 아물지 않는다

이산하
에세이

생은 아물지 않는다

마음
서재

생은 아물지 않는다

평지의 꽃
느긋하게 피고
벼랑의 꽃
쫓기듯
늘 먼저 핀다.

어느 생이든
내 마음은
늘 먼저 베인다.
베인 자리 아물면
내가 다시 벤다.

*'제주 4·3 70주년 추념식'에서 사회자 이효리 가수가 낭송한 시로,
TV를 무심히 보던 내 귀에는 마치 환청처럼 아득하게 들렸다.

꽃이 대충 피더냐.

이 세상에 대충 피는 꽃은 하나도 없다.

꽃이 소리 내며 피더냐.

이 세상에 시끄러운 꽃은 하나도 없다.

꽃이 어떻게 생겼더냐.

이 세상에 똑같은 꽃은 하나도 없다.

꽃이 다 아름답더냐.

이 세상에 아프지 않은 꽃은 하나도 없다.

꽃이 언제 피고 지더냐.

이 세상의 모든 꽃은

언제나 최초로 피고 최후로 진다.

2020년 여름, 서울에서

이산하

차례

1부   살구꽃 봉오리를 보니 눈물이 납니다

3부　아이는 한 번 죽지만 엄마는 수백 번 죽는다

살구꽃 봉오리를 보니

눈물이 납니다

페르시아의

흠

　페르시아 카펫에는 화려하고 암울한 인생의 온갖 무늬들
이 새겨져 있다. 그런데 자세히 보면 한쪽의 좌우대칭이 깨
져 있거나 작은 흠집이 눈에 띄기도 한다. '신의 경지'로 불
리는 진짜 고수들은 먼 옛날 뛰어난 도자기 장인들처럼 가끔
일부러 상처 같은 흠집을 낸다. 악마의 질투를 받으면 이유
없이 손이 마비된다는 미신보다도 상처 있는 것이 상처 없는
것보다 오히려 더 아름답다는 믿음 때문이다.

가만히

있으면

죽어!

"아빠, 물이 자꾸 들어와!"

"애진아 빨리 갑판으로 올라가!
거기 가만히 있으면 죽어!
친구들 데리고 빨리 올라가!"

가라앉는 세월호에 타고 있던 딸은 아빠와 숨 가쁜 통화를
마쳤다. 아빠의 다급한 말을 믿고 선실 밖으로 나가 살아남
은 딸은 단원고 2학년 장애진 학생이다. 유치원 선생님이 장

래희망이었던 애진 학생은 현재, 절체절명의 순간에 생명을 살리는 응급구조사가 되기 위해 전공을 응급구조학으로 선택하여 대학교에 입학했다. 꿈이 바뀌었다. 지울 수 없는 트라우마가 꿈을 바꿔놓았다.

장애진 학생의 아빠 장동원 씨는 바로 직장을 그만두고 지금까지 세월호 진상규명에 나서고 있다. 어느 역사를 보더라도 위기의 순간을 만든 것은 늘 강자들이다. 그리고 약자들은 희생되었다. 강자들이 난폭 운전을 하는 대한민국은 가라앉는 세월호 난파선과 하나도 다를 바 없다.

우리는 그 배를 타고 있다.
배가 기울기 시작했다.
물이 들어와 조금씩 차오르고 있다.
이대로 가만히 있을 것인가.

가장
아름다운
정원

문득문득 떠오르는 글들이 있다. 몇 해 전에 본 〈전국 토종벼 여행기〉도 그 가운데 하나다. '참 아름다운 정원을 만났다'라는 글인데 친구이기도 한 통의동의 문화아지트 '보안여관'의 최성우Sungwoo Choi 대표가 쓴 것이다.

프랑스의 조경사이자 식물학자, 작가인 질 끌레망Gilles Clement은 그의 책《정원으로 가는 길》에서 세상에서 가장 아름다운 정원은 아프리카 피그미족이 만든 '유목민의 텃밭'이라고 했다. 나도 세상을 여행하며 아름다운 정원을 많이 만났지만 전남 장흥의 운주마을 이영동 농부의 정원은 오랫동안 삶의 한 지점으로 각인될 만큼 인상적이었다. 지나는 사람들 아무나 붙잡아 마냥 묻고 싶었다.

"이 텃밭 아름답지 않아요?"

대부분 아니라고 말할지도 모르겠지만 난 아름답다. 그 정원은 낡아서 너덜너덜해진 비닐하우스 안에 생각 없이 아무데나 심어놓은 것 같은 자연스러운 밭이었다. 농부는 팻말 하나 없이 수많은 작물들을 구별해냈다. 농부의 시간과 땀이 밭고랑마다 배어 있었다. 이것은 비닐하우스 텃밭이 아니라 그의 정원이었다.

농부는 "내 농사는 어머니를 찾아가는 길이고 내 밭에 자라는 콩은 어머니의 분신이고 난 그 유산"이라고 말했다. 어머니에 대한 애틋한 마음이 이보다 더 지극할 수가 없다.

벼꽃 같은 글이다. 지나는 사람들 아무나 붙잡고 "이 텃밭 아름답지 않아요?" 하고 묻는 친구의 마음과 눈이 너무 아름답다. 벼꽃이 피는 것을 개화라 하지 않고 '출수'라 부르는 것처럼 그가 아무리 세련된 현대미술을 논해도 난 풀들이 무성하게 자라는 친구 가슴속의 텃밭이 먼저 보인다.

벼가 농부의 발자국 소리를 들으며 자라듯 농부도 벼꽃 피는 소리를 들으며 잠들 것이다.

가장
위험한

동물

몇 년 전 유럽의 몇 개국을 여행할 때였다. 야생동물들이 처절한 사투를 벌이는 아프리카 세렝게티 국립공원에 못 가는 대신 유럽의 어느 실내동물원을 구경하는 것으로 위안했다. 각각의 방마다 동물들의 이름이 쓰여 있었다. 마지막 방 문에는 '세상에서 가장 위험한 동물'이라고 쓰여 있어 너무 궁금한 나머지 얼른 문을 열었다. 그런데 방안에는 아무것도 없었다. 단지 정면 벽에 대형거울이 하나 걸려 있을 뿐이었다. 거울에 내 얼굴이 커다랗게 비쳤다.

순간 등골이 서늘해지며 소름이 돋았다. 아마도 내가 여행하면서 가장 부끄러웠던 순간이 바로 그때였을 것이다. 물론 지금도 그렇다. 세상에서 가장 위험한 동물이 사람이고 그중에서도 더 잔인한 동물이 바로 나 자신이기 때문이다. 세상에서 가장 위험하면서도 그 위험을 모르기 때문에 더욱 위험한 동물이기도 하다. 인간은 가장 큰 바퀴벌레다.

특이한

메뉴

몇 년 전 '다크투어'를 하러 유럽에 갔을 때 한 카페에 들렀다. 그곳에는 특이한 메뉴가 있었다.

커피 한 잔. — 7유로

커피 한 잔 주세요. — 4유로

수고하십니다. 커피 한 잔 주세요. — 2유로

똑같은 커피인데 손님의 주문방식에 따라 값이 다르다. 공손한 말씨는 값이 싸고 무례한 말투는 비싸다. 그동안 거친

손님들 때문에 직원들의 스트레스가 많았던 모양이다. 지배인 얘기로는 처음에 재미 삼아 시작한 깜짝 이벤트였는데 손님들의 반응이 그다지 나쁘지 않아 계속 연장하는 것이라고 했다. 타인의 감정을 위해 내 감정을 죽이는 게 바로 감정노동이다. 배려가 아니다. 편의점이나 백화점, 카페, 택배, 대리운전 등 '손님이 왕' '고객 만족 우선주의' 때문에 서비스업 종사자들의 감정노동은 이제 개인적 상처를 넘어 사회적 장애가 되었다. 물론 직장 상사의 눈치를 보거나 부와 권력의 갑질에 굴신하며 소위 '알아서 기는 것'도 오체투지에 버금가는 감정노동이다.

유럽의 선진국에는 신사, 숙녀들만 살지 않는다. 거기도 도둑놈이 있고, 소매치기들은 한국보다 훨씬 버글대고, 인간성 나쁜 놈들도 많다. 그러니 저런 카페들이 계속 생기는 것이다. 그런데 우리는 기본 매너가 부족한 사람들이 더 많은데도 저런 카페 하나 없다. 결과를 예단할 수는 없지만 저런 시도 자체만으로도 서비스업 종사자들의 감정노동 지수가 다소 낮아지지 않을까 싶다.

나무가

나무에게

독일의 한 친환경 숲 연구가가 너도밤나무 숲을 걷다가 이끼로 뒤덮인 작은 바위를 발견했다. 모양이 특이해 이끼를 들춰 보니 바위가 아니라 수령이 오래된 나무의 그루터기였다. 그런데 그루터기 중심부는 완전히 썩어 부식토로 변했지만 껍질은 아주 단단했다. 껍질을 살짝 벗겨 보니 놀랍게도 연두색 층이 나타났다. 테두리는 살아 있었던 것이다!

오래전에 잘린 나무 그루터기가 살아 있는 이유는 주변 나무들이 그루터기 뿌리에 자양분을 공급해줬기 때문이다. 그런데 주변에 있는 너도밤나무들이 왜 이 그루터기의 생명을 유지해주고 있었을까. 자신의 소중한 영양분을 경쟁자한테 나눠주다니⋯⋯. 독일의 숲 해설가인 페터 볼레벤Peter Wohlleben의 책《나무의 비밀스러운 삶》에 그 이유가 자세히 나온다. 나무들도 서로 영양분을 나누지 않으면 더 빨리 죽고 죽은 나무도 금방 썩어 숲에 구멍들이 뚫린다. 그럴 때 태풍이 오면 옆의 나무들도 쉽게 쓰러져 죽는다. 그래서 모든 나무들은 서로가 서로에게 소중한 자산이다. 잘리고 병든 이웃 나무들에게 영양분을 공급해 최대한 오래 버티게 하는 것이 자신에게도 유리하다. 그 애정과 결합의 정도가 강한 숲일수록 더 오래 유지된다. 참나무나 전나무, 가문비나무, 더글러스소나무 등 거의 모든 나무도 마찬가지다. 숲이나 산을 걷다가 발견하는 살아남은 밑동은 그런 우정과 상호 연결의 결과이다.

나무도 사람도 살아가는 방식은 거의 차이가 없다. 숲에 구멍이 많으면 폭풍우로 나무들이 무너지고 사람의 가슴에 상처가 많으면 정신도 몸도 무너진다. 인생의 폭풍우를 버텨내지 못하고 쓰러진다. 우리는 숲속 나무들의 은밀한 삶을 통해 더불어 사는 공동체 정신을 다시 배운다.

늑대의

탐욕

이누이트들의 '늑대 사냥법'은 아주 독특하다. 날카롭게 간 칼들을 얼음이나 눈 위에 꽂아둔다. 칼날에는 동물의 피가 묻어 있다. 잠시 후 피 냄새를 맡은 늑대들이 다가와 칼날을 핥기 시작한다. 처음에는 칼날에 혀가 다치지 않도록 조심조심 피를 핥는다. 그러나 추운 겨울에 금속을 핥다 보니 점차 혀가 마비되고 만다. 피맛을 들인 늑대는 자기 혀가 베이는 줄도 모르고 열심히 피를 핥는다. 혀에서 계속 피가 나고 칼날은 늑대의 피로 흥건해진다. 늑대는 그 피가 자기 것인 줄도 모른 채 무섭게 피를 핥는다. 그렇게 계속 피를 핥다가 과다출혈로 결국 죽는다. 그때 이누이트들은 눈바닥에 쓰러진 늑대를 주워간다.

탐욕은 언젠가 부메랑처럼 돌아와 자신의 생명을 위협할 것이다. 마치 피맛에 중독된 늑대처럼. 욕심을 멈출 줄 모르면 욕심부리던 것을 모두 잃는다. 가진 것에 만족할 줄 모르면 가진 것까지 잃게 된다.

수천 년의 세월이 지나도 인간의 탐욕은 변함없고 오히려 바벨탑처럼 하늘로 치솟기만 한다.

'비교'라는

단어

나는 새벽예불을 좋아한다. 특히 청도 운문사가 가장 인상적이었는데 크게 기대했던 해남 미황사의 새벽예불은 깊이 각인되지 않았다. 물론 두 예불은 저마다 사찰의 배경도 다르고 특성도 달라 섣불리 비교할 수는 없다. 모든 슬픔은 유일하고 고유하다. 예불도 마찬가지다.

사람의 눈이 두 개인 까닭은 초점을 하나로 맞춰 정확히 보라는 것이지, 두 개를 서로 비교해 분리하라는 것이 아니다. 트라우마의 뿌리 가운데 하나이기도 한 이 '비교'라는 표현은 자본의 피를 먹고 자란다. 자칫 잘못하면 인성을 파괴할 수도 있는 독극물이 된다. 예술에서는 그 독성이 더욱 치명적이다. 비교라는 이름으로 실험적이고 독창적인 세계가 얼마나 조롱당하고 멸시받으며 폐기 처분되었던가.

내가 우리 국어사전에서 가장 먼저 추방해야 할 단어로 주저 없이 꼽는 것도 바로 이 비교라는 몰개념이다. 비교는 경쟁을 낳고, 경쟁은 전쟁을 낳고, 전쟁은 악마를 낳는다. 그리고 악마는 약자부터 잡아먹는다. 인간은 피라미드 같은 세상의 벽돌 한 장에 불과하다. 위에서 밟힐수록 더욱 아래를 밟는다. 가장 밑바닥의 벽돌이 가장 먼저 부서진다.

개구리

왕국

어느 날 개구리 왕국의 국민들이 새로운 왕을 뽑기로 했다. 여러 후보들이 나왔다. 같은 종족이라서 함께 대화하고 소통할 수 있는 한 개구리 후보는 무능하고 식상하다는 이유로 거부당했다. 또 자기네들이 헤엄치다 지치면 올라가 마음껏 쉴 수 있는 큰 통나무 후보도 미련곰탱이 같다며 거부당했다. 국민들의 의견이 자꾸 갈라지고 내부분열이 심해지자 아예 전혀 다른 종족의 후보를 뽑기로 합의했다. 그래서 목과 다리가 길어 늘씬한 데다 하늘로도 날아다니는 황새를 참신하고 유능해 보인다고 왕으로 뽑았다. 그런데 황새가 왕이

된 이후부터 이상하게 개구리들이 자꾸 사라졌다. 모두 황새들의 식탁에 오른 것이다.

이솝 우화에 나오는 '개구리 왕국' 이야기다. 이것은 인간이 3천 년 동안 역사의 진보를 외치며 살아왔지만 '내부분열'이라는 전혀 바뀌지 않은 진보의 치명적 급소를 꼬집을 때 자주 인용되는 얘기이다. 나의 크고 작은 생각이 타인과 어찌 다 같을 수 있겠는가. 다만 눈을 높이 뜨고 멀리 보면 작은 오솔길들도 쉽게 보인다. 그런데 눈은 멀리 보면서도 마음은 따라가지 못하고 바로 목전의 작은 차이 앞에서 서성이는 경우가 많다. 오솔길에 갇혀 헤맬수록 큰길은 더욱 멀어진다. 오래전 읽었던 이솝 우화가 불쑥불쑥 떠올라 마음이 무겁다.

닭과

옥수수

한 정신병원에 철석같이 스스로를 옥수수라 믿는 남자가 있었다. 오랜 치료와 상담을 통해 자신이 옥수수가 아니라는 것을 겨우 납득한 이 환자는 의사의 판단에 따라 귀가 조치되었다. 그러나 며칠 되지도 않아 혼비백산 병원으로 되돌아왔다.

"아니, 무슨 일입니까?"

의사가 물었다.

"닭들이 나를 자꾸 쫓아다닙니다. 무서워 죽겠습니다."

환자는 몸을 떨며 아직도 닭이 자기를 쫓아오는 것은 아닌지 두려워하면서 연신 뒤를 돌아보았다. 의사는 부드러운 목소리로 안심시켰다.

"선생님은 옥수수가 아니라 사람이라는 거, 이제 그거 아시잖아요?"

환자는 말했다.

"글쎄, 저야 알지요. 하지만 닭들은 그걸 모르잖아요?"

— 김영하, 〈옥수수와 나〉, 《오직 두 사람》, 문학동네

이 에피소드는 현재 '세계에서 가장 위험한 철학자'로 불리는 슬라보예 지젝Slavoj Zizek이 즐겨 인용하는 동유럽의 농담이다. 김영하의 이 소설은 자본주의의 모든 생산과 소비, 또 작가의 글쓰기와 출판사의 책 내기가 어떠한 논리적 정당성을 부여하더라도 결국 자본가에게 이용당하고 만다는 얘기를 함축하고 있다. 모든 타인이 닭으로 보이고 난 한없이 작고 무력한 옥수수 알갱이 하나에 불과한 것처럼 느껴진다. 옥수수와 닭이라는 비유는 그런 강박증 걸린 삶의 한 단면이다.

타인이 나를 옥수수라고 믿는다면 난 과연 옥수수일까? 내가 나를 옥수수라 생각한다면 난 정말 옥수수인가? 혹여 내가 지향했던 나조차 '타인이 만들어낸 나'가 아닌가? 믿음

과 실재의 관계는 과연 무엇이란 말인가. 그래서 이 소설 속에서는 보려는 나와 보이는 나, 그리고 진짜 내가 동시에 삶의 트랙을 달린다. 그러다가 어느 지점에서 그들은 한순간에 뒤엉켜버린다. 누가 누구인지 도대체 알 수 없는 세상이다. 분명한 실체를 갑자기 익명의 존재로 만드는 사회, 우리는 모두 닭한테 쫓기는 옥수수에 불과한 존재들이다.

살구꽃 봉오리를 보니

눈물이

납니다

아동문학가 권정생, 이오덕 두 선생이 생전에 서로 주고받은 편지를 보면 너무 애틋해서 눈물이 난다.

권정생 솔직히 저는 사람이 싫었습니다. 더욱이 거짓말 잘하는 어른은 보기도 싫었습니다. 나 자신이 어린이가 되어 어린이와 함께 살다 죽겠습니다. …친구가 없어도, 세 끼 보리밥만 먹고 살아도, 나는, 나는 종달새처럼 노래하겠습니다.

이오덕 저의 자취 경력은 이래저래 아마 20년 가까이 된 것 같습니다. 저녁밥을 해 먹고 누우면 글에 대한 생각, 문우들에 대한 생각을 하는 것이 즐겁습니다. 권 선생님의 작품집이 출판되도록 해야 할 것인데, 하고 며칠 밤 생각해보기도 했습니다.

1970년대 초반, 산골 학교 교사인 이오덕 선생이 동화《강아지똥》을 읽고 감동해 안동에서 교회 종지기로 일하며 홀로 사는 무명작가 권정생 선생을 먼저 찾아간다. 금방 마음이 통한 두 아동문학가는 이후 수백 통의 편지를 쓰며 평생지기로 우정을 쌓아갔다.

권정생 창문으로 내다보이는 건넛집 살구나무에 꽃이 피었습니다. 며칠 전 창동이네 할머니가 산에서 내려오시는 걸 보니 할미꽃을 따서 비녀를 만들어 머리에 꽂으셨더군요. 어쩐지 눈물이 나올 것처럼 아름다워 보였습니다.

이 편지들은 이오덕 선생이 먼저 세상을 떠난 뒤《살구꽃 봉오리를 보니 눈물이 납니다》라는 제목의 책으로 나왔다. 권정생 선생은 서문에 이오덕 선생에게 보내는 마지막 편지를 썼다.

권정생 선생님 가신 곳은 어떤 곳인지···. 《일하는 아이들》에 나오는 그런 개구쟁이들과 함께 별빛이 반짝이는 하늘 밑 시골집 마당에 둘러앉아 옥수수 까먹으며 얘기 나누시는 그런 세상이었으면 합니다. 선생님, 이 담에 우리도 때가 되면 차례차례 선생님이 걸어가신 그 산길 모퉁이로 돌아가서 거기서 다시 뵙겠습니다.

이오덕 선생은 임종 전에 당신의 무덤 주위에 세울 시비를 지정했다. 시비 하나에는 자신의 시 〈새와 산〉을 새기고 다른 시비 하나에는 권정생 선생의 〈밭 한 뙈기〉를 새기도록 했다. 지금은 권정생 선생도 우리 곁을 떠났지만 이오덕 선생의 무덤가에 서 있는 두 시비가 바람과 가랑잎을 사이에 두고 서로 마주 보고 있다.

멀리 있는

빛

매년 봄, 친구 기형도 시인의 기일이 다가올 때마다 그의 시 한 구절이 내 가슴을 저민다.

나는 헛것을 살았다, 살아서 헛것이었다.

- 기형도, 〈물 속의 사막〉 중에서

대학 시절 시인 지망생이었던 그에게 난 박상륭의 소설 《죽음의 한 연구》를 선물했다. 연쇄살인 뒤 나무 위에서 자살하는 주인공의 최후를 보며 그 도저한 비장미에 우리는 실성한 것처럼 얼마나 압도되었던가.

내가 '한라산 필화사건'으로 수감되었다가 석방되자 그는 《시운동》 동인들의 '이릉 석방환영회'에서 축가로 김영동의 노래 〈멀리 있는 빛〉을 불렀다. 어둠은 가까이 있고 빛은 멀리 있다는 처연한 노래였다. 짙은 눈썹과 깊은 강 같은 노래의 행간이 진짜 노래였다.

스물아홉 그의 눈빛은 심야극장에서 어둠보다 더 어두워졌다. 무엇을 본다는 것은 가만히 자기 눈을 허락하는 것에서 비롯된다. 그에게 이 세계는 처음부터 폐허였고, 산다는 것은 폐허 속의 마지막 잔해를 몇 줌 거두는 일이었다. 열정과 희망을 모색했던 80년대가 저문 뒤 급격하게 밀려온 허무와 절망, 한국의 웬만한 시인들은 적당히 꿈과 희망의 복선을 깔며 정서적 타협을 할 때 그는 그런 위선과 기만을 거부했다.

우리 시대의 꿈과 희망은 90퍼센트가 자본의 덫이다. 이번 기일에는 그 덫에 걸린 줄도 모르고 꿈꾸는 영혼들과 알아도 꿈꿀 수밖에 없는 영혼들을 불러 모아 눈부신 햇빛 속에서 거대한 다비식을 치르고 싶다. 그날의 상주는 '입 속의 검은 잎'이고 문상객은 잿더미들이다.

빠삐용
의자

억울한 누명을 쓰고 절해고도의 독방에 갇힌 빠삐용, 그는 꿈속에서 자신의 무죄를 거듭 외친다. 그러자 재판관은 더 크게 외친다.

"넌 살인죄로 구속된 게 아니다. 네 죄는 인간이 저지를 수 있는 가장 흉악한 범죄, 바로 인생을 낭비한 죄다."

이 말에 빠삐용은 정신이 번쩍 든다. 그는 다시 탈출을 시도해 마침내 나비처럼 훨훨 날아 죽음의 섬에서 벗어난다.

순천 송광사 불일암의 후박나무 아래에 의자가 하나 있다. 법정스님이 만들고 손수 이름 붙인 그 의자는 바로 '빠삐용 의자'이다. 스님은 그 의자에 앉을 때마다 자신에게 질문하곤 했다.

'나는 인생을 낭비하고 있지는 않은가…….'

아마도 세상에서 가장 무거운 죄는 바로 자기 인생을 낭비한 죄일 것이다.

나는 과연 무죄일까.

나비 한 마리가 살포시 날아와 내 어깨 위에 앉는다.

내가 살아온 세월만큼 무겁다.

행복지수

히말라야 동쪽의 작은 왕국 부탄에서는 '1인당 국내총생산 GDP'이라는 말 대신 '국가총행복GNH:Gross National Happiness' 지수를 사용한다. 전 국민의 건강과 평화를 위해 국가적으로 흡연을 금지하고 군대도 없다. 그리고 특이하게도, 국왕이 오히려 사회민주화의 필요성을 역설하며 국민들을 열렬히 설득한 나라다. 마침내 2007년 말, 240여 년 동안 이어져 내려온 왕정을 끝내고 여러 보직의 국회의원들을 뽑았다. 그런데 또 선거 시 중립을 지켜야 한다며, 유권자가 많은 자신의 왕족들과 불교 승려들을 모두 투표에서 제외해버렸다. 민을 수 없는 일이나 엄연한 사실이다. 영국에서 발표한 부탄의 행복지수는 세계 순위에서 늘 5위 전후다.

행복지수 1위로 세계에서 가장 행복한 나라는 바로 중남미의 코스타리카이다. 가난한 코스타리카가 '세계에서 가장 행복한 나라'가 될 수 있었던 비결은 무엇일까? 나는 그 무엇보다도 '평화'가 답이 아닐까 생각한다.

코스타리카는 미국과의 이해관계가 뒤얽힌 파나마, 빈곤과 내전으로 얼룩진 니카라과와 국경이 맞닿아 있다. 또 미국과 소련이 서로 대립하던 냉전 시대, 언제 폭발할지 모르는 중남미의 화약고였다. 그런 위태로운 지정학적 위치에도 불구하고 코스타리카는 1948년 과감하게 군대를 해체해버렸다. 대통령은 "군대가 없는 것이 최대의 방위력"이라는 명언을 남겼다. 군대가 없으니 당연히 무기도 필요 없을 것이다.

이 살벌한 약육강식의 세계에서 완전한 무장해제를 하다니! 부탄처럼 까마득한 히말라야의 깊은 산골짜기에 있는 것도 아니고!

이런 계룡산 도사 같은 신묘한 발상은 공자와 노자의 책에도 없고, 고대 병법서의 쌍벽으로 불리는 《손자병법》과 《오자병법》에도 나오지 않는다. 그런 책은 기껏 싸우지 않고 이기는 게 최고라고 할 뿐이다. 이미 백성들의 고혈을 짤 만큼 짜 병력과 무기를 산더미처럼 쌓아놓고 말이다. 그와 달리 코스타리카는 막대한 예산이 될 국방비를 모두 사회복지와 인권, 환경에 투입했다. 우여곡절이야 당연히 많았지만 전 국민의 의식주 해결을 기본으로 모든 정책을 펼쳐나갔다. 또 사람은 누구나 아프지 않을 권리가 있다고 생각해 쿠바처럼 무상의료 정책을 실시했다. 교육도 마찬가지였다. 그리고 한참 후에 또 하나의 명언이 나왔다.

"농민도 바이올린을 연주하며 우아하게 살 수 있다!"

이것은 한 음악단의 홍보 카피가 아니라 코스타리카가 공식적으로 선언한 국가 슬로건이다! 국가가 진정성을 가지면 그 어떤 말도 근사한 법이다. 그러고 보면 "군대가 없는 것이 최대의 방위력"이라는 말도 안데르센 동화 속의 한 아이가 "임금님은 벌거숭이!"라고 소리친 것과 크게 다르지 않아

보인다. 그런 국민들이 몇 해 전에는 '마치스모(남성우월주의)'를 극복하고 여성 대통령을 선출하기까지 했다. 그들의 눈에는 검은 선글라스를 낀 무장 경호원들 속의 대통령이 너무나 한심해 보일지도 모른다. 자신들의 대통령은 아침 일찍 혼자 공원을 조깅하거나 가족끼리 해변에서 자유롭게 휴일을 즐기고 있을 테니 말이다.

얼마 전 한국 직장인들의 '행복도'를 조사한 신문 기사를 보았다. 직장인들이 꼽은 '내가 행복하지 않은 이유' 2위는 '속도주의의 무한경쟁'이었다.

과연 무엇을 위해 그토록 질주하며 스스로를 혹사시킬까?

이런 질문을 자신에게 던질 때쯤이면 벌써 인생이 저물 무렵일 것이다. 그 허망함에 다시 무너져 내린다.

그럼 1위는 무엇일까? '빈익빈 부익부와 가난이 대물림되는 현상'이었다. 아무리 노력해도 성공하기 어렵고 그럴 필요도 가치도 없는 세상, 너무 가혹하다. 2위에 해당하는 사람들은 그나마 신나게 속도도 한번 내보고 몸이 부서지도록 남과 한번 경쟁이라도 해볼 기회나 있다. 그런데 이 사람들은 그럴 기회마저 박탈당했다. 한마디로 사회에 의해 출구 없는 지하실에 평생 감금당한 것이나 마찬가지다.

한국인들은 이제 모두 너무 지쳤다. 중산층은 정치에 지치고, 서민들은 경제에 지치고, 노동자들은 일에 지치고, 대학생들은 스펙 쌓기와 취업난에 지치고, 직장인들은 상사들에게 지치고, 아이들은 어른들에게 지치고, 여성들은 남성들에게 지쳤다. 모두 서로가 서로에게 지쳤다. 다들 너무 빨리 달리다 보니, 볼 것도 못 보고 누릴 것도 못 누리고 또 내가 어디로 와서 지금 어디에 있는지도 모른다. 이미 돌아가기에는 너무 늦었고 또 돌아갈 곳도 없다.

바로 이때가 정체성의 혼란과 함께 스스로 분열하는 순간이다. 하지만 난 그 순간이 세포분열처럼 새로운 생성을 위한 계기가 되기를 거듭거듭 기도한다.

양심의

모서리

삼각형은 모서리가 3개이다. 인디언들은 그런 삼각형을 우리의 양심에 비유한다. 첫 번째 모서리는 무언가를 빤히 보면서도 눈 감고 잘못할 때 그 눈을 콕콕 찌르는 뾰족한 모서리이다. 두 번째 모서리는 도둑질이나 폭력 같은 범죄를 저지를 때 그 악마의 손을 날카롭게 찌르는 모서리이다. 세 번째 모서리는 나쁜 생각과 나쁜 마음을 품을 때 그 머리와 가슴을 아프게 찌르는 모서리이다.

양심 불량은 마치 주머니 속의 송곳 같은 것이어서 아무리 감추고 싶어도 언제나 삐죽삐죽 뚫고 나오기 마련이다. 양심이란 이름의 세 모서리가 늘 서릿발처럼 서 있을 때 비로소 삼각형이라는 가장 안정된 형태를 유지할 수 있다.

세월호

부순 학생들

세월호 침몰사고 당시 단원고 학생들 가운데 죽음을 직감한 탈북 학생 3명이 망치로 창문을 부수고 탈출해 목숨을 건졌다. 구경하던 남한 학생들은 안내방송대로 좀 더 기다리자며 우물쭈물 망설이다가 목숨을 잃었다. 이 사실은 당시 청와대의 보도 통제로 알려지지 않았다.

이게 사실이라면 정말 놀라운 일이 아닐 수 없다. 생존본능에 충실한 탈북 청소년들은 정확한 상황판단을 하려 애쓰고 그 판단에 따라 신속하고 과감하게 행동했다.

남한 아이들이 어릴 때부터 귀가 따갑게 들었던 말.

"부모님 말씀 잘 들어라."

"어른 말씀 잘 들어라."

"학교 가서 선생님 말씀 잘 들어라."

"착하고 예의 바르게 살아라."

전부 복종의 태도를 세뇌하는 얘기뿐이고 너 스스로 잘 생각해서 판단하고 행동하라는 얘기는 하나도 없다.

그리고 전부 '착하게' 살다가 죽었다.

(그런데 이렇게 착하고 철저하게 교육받은 아이들도 이상하게 어른만 되면 죽어도 남의 말은 듣지 않고 자기주장만 늘어놓는 '꼰대'로 돌변한다.)

늦었지만 이제라도 남한의 '착하고 바른' 주입식 교육방식에 근본적인 수술을 해야 한다. 메스가 부러지면 더 강한 도구를 만들어서라도 해야 한다.

먼 훗날 아이들의 행복과 생존이 걸린 문제다.

큰 새는 작은 새를
등에 업고

날아간다

유럽에서 철새들이 이동하는 계절이 오면 스칸디나비아에서 지중해를 건너 이집트 나일강까지 긴 여행을 하는 새들을 볼 수 있다. 여행은 너무 멀고 힘든 길이어서 독수리나 매 같은 몸집이 큰 맹금류도 목적지에 도착하면 며칠 동안은 거의 빈사 상태가 되어 강변 모래밭에 엎드린 채 일어서지 못한다고 한다. 큰 새들도 이런 형편인데 노래 부르는 작은 새들, 가령 방울새나 나이팅게일 같은 것들은 어떻게 그런 여행을 할 수 있을까?

그런데 철새가 이동하는 계절이면 기적 같은 일이 일어난다. 평소에 먹고 먹히는 먹이사슬 관계인 맹금류와 작은 새들 사이에 이른바 '하늘 휴전'이 이루어진다. 작은 새들은 큰 새들의 등에 업혀서 멀고 먼 하늘을 날아가게 된다.

암살된 비운의 여성혁명가 로자 룩셈부르크Rosa Luxemburg 가 감옥에 있을 때 연인 레오에게 보낸 애틋한 연애편지 속의 한 대목이다.

큰 파도가 작은 파도를 안고 바다를 건너갈 때처럼, 작은 파도의 물방울이 부서지지 않도록 온몸으로 지킬 때처럼 내 가슴이 울컥한다. 겨울이면 철새들이 바람을 타고 멀리 날아간다고 하지만 작은 새들이 한 번도 쉬지 않고 태평양과 대서양을 건너가는 원인은 아직도 시원하게 밝혀지지 않았다.

– 로자 룩셈부르크, 《자유로운 영혼 로자 룩셈부르크》 서간집 4부

'천적인 새들도 겨울에는 함께 남쪽으로 간다'를 보다가 비로소 그 의문이 풀렸다. 천적인 새들조차 어려운 상황에서는 서로 도우며 극복한다. 큰 새들이 결코 도시락을 운반하

는 게 아니다. 비상식량은 몸에 저장된 지방만으로도 충분하다. 동물은 자기가 한번 보호하기 시작한 약자는 아무리 배가 고파도 절대 잡아먹지 않는다.

새로운 세상을 만들기 위해 살얼음 위를 걸었던 절름발이 로자에게 피로 맺은 혁명동지들의 변절과 배신은 백척간두에서 한 발 내딛는 것 이상의 절대고독이었을 것이다.

그녀는 홀로 날아가다가 추락했다.
그녀를 등에 업고 날아갈 큰 새가 없었을지도 모른다.
아니, 사실은 그녀가 큰 새였을 것이다.

찢어진
고무신

오래전, 피가 뜨거웠던 27살 무렵에 감옥의 독방에 산 적이 있다. 그때 옆방에 내 또래의 젊은 사형수가 살았다. 세상을 충격과 공포로 떠들썩하게 만든 연쇄살인범이었다. 그는 한겨울에도 사각팬티만 입고 운동장을 뛰었다. 비가 오나 눈이 오나 매일 혼자 운동장을 하염없이 달렸다. 우리는 서로 얼굴은 보지 못하지만 가끔 통방이 된 것처럼 소통했다.

"오늘은 몇 바퀴 뛰었어요?"
"어제보다 한 바퀴 덜 뛰었어요."

대답은 늘 똑같았고, 그게 몇 바퀴인지 난 한 번도 묻지 않았다. 아마도 '덜 뛰는' 날이 없을 때가 그의 마지막 날일지도 모르겠다고 막연히 짐작만 했다. 멀리 구치소의 높은 담장 위로 낙엽이 직각으로 떨어지는 어느 가을날 아침이었다. 평소 수런거리던 복도가 쥐 죽은 듯 조용했다. 교도관의 발소리가 유난히도 크게 들리더니 옆방 앞에서 멈췄다.

"수번 5046번 접견!"
"오늘 면회 올 사람 없는데요?"
"……."

옆방의 대화를 듣는 순간 갑자기 온몸에 전율이 일었다. 철문을 여는 둔탁한 소리가 들렸다. 난 얼른 내 낡은 하얀 고무신의 뒤축을 물어뜯었다. 그러고는 신을 벽 밑에 뚫려 있는 작은 식구통으로 사형수에게 내밀며 말했다.

"그 신발 내 주고 이거 신고 가요."

흠칫하던 사형수가 신발을 바꿔 신었고 교도관은 못 본 체

했다. 긴 복도로 걸어가는 그의 넓은 등을 난 끝까지 보았다.
그는 걷다가 자꾸 신발이 벗겨져 도중에 멈추어 서곤 했다.
필시 먼 길 떠나는 줄도 모를 그가 조금만이라도 햇볕을 더
쬐고 가라고 난 일부러 신발이 헐렁하도록 이로 찢어놓았다.
얼마 후 옆방에 새로운 사형수가 들어왔다.

아우슈비츠의

생존비결

한 평범한 유대인 청년이 나치의 아우슈비츠로 끌려갔다. 수감되자마자 위생상 불결하다며 머리는 다 깎였고, 쓸데없이 질문한다며 곡괭이로 구타당했고, 호시탐탐 탈출을 노린다며 소리 나는 나막신을 신게 되었다. 벌레처럼 꾸물거린다며 채찍을 얻어맞았고, 또 수시로 아픈 동료들이 노동력 없는 쓰레기라는 말을 들으며 어디론가 질질 끌려가는 것을 보았다. 어디론가 사라진 그들은 한 번도 돌아온 적이 없었다.

조금 지나자 동료들은 매일 보던 성경책을 불태웠다. 지옥에는 무신론만 있을 뿐이다. 얼마 후 청년은 이처럼 지옥 같은 환경을 탓하기 전에 먼저 자기 몸가짐부터 단정하게 추스르기 시작했다. 예전과는 달리 비누가 없어도 늘 몸을 깨끗이 씻었고, 나막신을 신고 걸을 때도 질질 끌지 않고 몸을 꼿꼿이 세운 채 또박또박 걸었다. 침도 아무 데나 함부로 뱉지 않았다. 그리고 무엇보다도 폭넓은 독서를 게을리 하지 않았다. 인간의 존엄성을 확인하며 삶의 경각심을 일깨울 수 있는 가장 좋은 방법이었기 때문이다. 비록 내일 갑자기 죽음이 마중 나올지도 모르는 도축장 같은 수용소 생활이지만 이처럼 하나씩 자신의 존재에 눈을 뜨기 시작했다. 자신의 존재 의미에 대해 질문하지 않는 것은 스스로 인간이기를 거부하는 것과 똑같다고 생각했다.

그렇게 한 걸음씩 자기의 존재를 깨달아가다 보니 어느덧 이미 성찰의 길로 접어들었다. 한때는 이토록 고통스럽게 목숨을 부지하며 사느니 차라리 죽어버리는 게 훨씬 낫다고 생각하지 않았던가. 그러나 이젠 나막신을 신고 또각또각 걸어도 그것은 천둥 같은 각성의 소리였고, 허리가 휘도록 곡괭이로 흙을 파도 그것은 성찰의 깊이를 파는 것이었고, 누군가 굴뚝의 연기로 피어올라도 그것은 분신한 나의 피가 하늘로 가는 것이었다.

신이 없는 아우슈비츠에서 나의 고통은 곧 타인의 고통이었고, 타인의 고통은 곧 나의 고통이었다. 그러므로 이 두 고통이 만나 서로 애틋하고 간절한 눈빛으로 어루만지고 쓰다듬는다면, 그때야 비로소 나도 뜨거워지고 세상도 뜨거워지는 것이다. 청년은 그렇게 생각했고, 그렇게 생각하며 살았다.

1년 10개월 후, 청년은 마침내 도축장 같은 수용소에서 단테의 지옥을 통과한 오디세우스처럼 정말 기적적으로 살아남아 그리운 고향으로 돌아왔다. 수십 년 뒤 나치의 아우슈비츠 강제수용소에서 살아남은 유대인들의 생활태도에 대한 통계가 나왔다. 이 청년처럼 극한상황에서도 자포자기하지 않고 언제나 인간의 존엄성을 성찰하며 확인한 사람들이 체념한 채 일상을 방기한 사람들보다 생존확률이 훨씬 높았다. 무인도에 표류했지만 아침마다 면도하고 풀잎으로 넥타이를 만들어 매며 늘 단정하게 생활한 로빈슨 크루소가 떠오른다.

2020년, '코로나19'로 인해 출근이 재택근무로 바뀌는 일이 일어났다. 한데 그게 어디인가. 섬 하나를 통째로 사무실로 쓴 사람은 오직 크루소밖에 없다. 인간의 고통과 고독은 삶의 화룡점정이다.

오리 다리는 짧고

학의 다리는 길다

조선 왕실의 수호사찰이었던 영천 은해사에는 당대 최고 명필인 추사秋史 김정희金正喜의 글씨가 많다. 그중에 김정희의 최고작으로 꼽히는 불광각의 '불광佛光'이 있다. 그 당시 추사는 8년 3개월의 제주 유배생활에서 풀려나 용산 한강변의 초라한 집에 잠시 머물던 60대 중반의 노선비였다. 명필인 만큼 글씨 받기도 하늘의 별 따기였다. 아마도 추사는 친구인 혼허混虛 주지스님과의 인연으로 특별히 현판 글씨를 써준 듯싶다.

그런데 이 '불광佛光'이란 현판 글씨는 가로 155센티미터, 세로 135센티미터의 대작으로, 불佛 자의 한 획이 유난히 아래로 길게 쭉 뻗어 있다. 이 글씨를 받은 주지스님이 목판에 그대로 새기다가 두 다리 중 길게 뻗은 한쪽 다리를 뚝 잘라 옆의 광光 자의 길이와 비슷하게 새겨서 걸었다.

얼마 후 은해사에 우연히 들른 추사는 그것을 보자마자 얼굴이 굳어졌다. 추사는 아무 말 없이 현판을 떼어내 대웅전 마당으로 갔다. 그러고는 법당 문을 활짝 열어놓고 현판을 불태워버렸다. 법당의 부처가 이 모든 일을 조용히 지켜보다가 주지스님에게 이렇게 묻는 듯했다.

'내 손가락 하나가 길면 넌 자르겠느냐.'

추사는 그 소리를 주지스님이 듣기 바랐는지도 모른다. 지금 은해사 성보박물관에 있는 편액은 바로 처음에 추사가 썼던 대로 다시 새긴 글씨다.

그런데 주지스님은 아무리 불 자의 한 획이 길어도 그렇지 어떻게 추사의 글씨를 잘라버릴 생각을 했을까. 마침 어렵게 구한 나무판자가 너무 작았던 탓일까. 아니면 너무 바빠서 길게 쓸 시간이 없었던 것일까. 그것도 아니면 쓸데없이 꼬리를 길게 축 늘어뜨려 미학적 균형이 깨진다고 생각했을까. 귤이 회수淮水를 건너면 탱자로 변한다는 말이 생각난다. 하지만 이 비유보다는 오히려 장자의 철학 우화가 여기에 더 적절할지도 모른다.

오리의 다리가 짧다고 늘여버리면 얼마나 괴로울 것이며, 학의 다리가 길다고 잘라버리면 또 얼마나 슬플 것인가. 우리는 자신의 생각을 자르는 데는 너무 인색하고 타인의 생각을 자르는 데는 너무 익숙하다. 더 자를 게 없으면 일부러 만들어서 자르기도 한다.

조선시대의
양아치들

번화가를 제멋대로 휩쓸고 다니는 양아치새끼들

겉은 말쑥하고 멀쩡하지만 참으로 딱하구나.

수시로 거문고를 튕기고 피리를 불며 흥청거리고

가는 곳마다 소고기와 생선회로 술판을 벌이는구나.

걸핏하면 영역 다툼으로 사람 두드려 패고, 칼싸움 벌이며

유흥가에서 창녀와 음주가무로 밤을 꼬박 새우다가

웃통 벗고 맨발로 뛰쳐나와 행패를 부리는구나.

서로 추켜세우며 벌건 대낮에도 뒷돈을 챙기는 놈들.

　- 윤기(1741~1826), 〈양아치새끼들〉 전문

자연을 예찬한 서정시나 권력을 찬양한 용비어천가 같은 시가 대부분인 우리 옛 시에 익숙한 독자들에겐 깜짝 놀랄 만한 내용이다. 이 시는 약 250년 전 '개혁정치의 원조'로 잘못 알려진 조선의 21대 왕 영조가 집권하던 시대의 어두운 사회적 풍경을 그렸다. 당시는 사상적 차이로 노론, 소론, 남인, 북인의 사색당파로 갈라져 싸우던 시기로 이들의 권력 암투로 왕은 늘 생명의 위협을 받았다. 어느 누구도 당쟁에서 자유로울 수 없었다. 당연히 영조도 마찬가지였는데, 그는 위기 때마다 수백 명 이상의 정적을 처형한 역대 가장 잔인무도한 왕이었다. 수구적인 노론과 짜고 개혁 성향이 강했던 사도세자, 자신의 아들까지 정신병자로 몰아 뒤주에 가둬 굶겨 죽인 일은 유명하다.

　그런 아버지 영조는 위의 시에 나오는 양아치보다도 더 무자비한 왕이었다. '탕평책'이나 문화예술 정책 같은 일견 너그러운 정책들의 시행은 자신의 잔인성을 호도하기 위한 대국민 기만술에 불과하다. 조선의 역대 왕들 중 가장 긴 52년이라는 장기집권 기간은 땅과 하늘이 피로 물들기에 충분하고도 남을 시간이었다.

그러니 이 시에서도 드러나듯 르네상스의 그 화려한 꽃그늘에는 부랑아들이 들끓는 거리와 권력의 부패상이 도사릴 수밖에 없었다. 수백 년의 세월이 흘렀지만 사회적 약자와 기득권을 가진 소수 권력층의 모습은 그때나 지금이나 변한 게 없다.

이 시의 저자인 윤기는 자신의 호인 무명자無名子처럼 일평생 궁핍한 삶을 살면서도 선비로서의 양심과 자존을 지켰다. 박지원이나 이덕무, 박제가, 정약용 등이 그와 함께 호흡했다. 그 쟁쟁한 문인들은 쉽게 기억해도 윤기라는 이름은 무척 낯설다. 그는 곡학아세로 입신양명하는 지식인 사회에 저항하는 인물이었기 때문이다. 지금 이 시대도 마찬가지지만 직필直筆로 진실의 칼날을 세운 비타협적 지식인은 역사의 뒤주 속에서 신음하며 죽어간다.

지식과 권력이 부패해 악취가 진동하는 사회일수록 그것을 풍자하고 감시하면서 진실을 밝히는 자세가 무엇보다 중요하다. 또 그것은 우리가 인문고전이나 수많은 선각자들의 말과 글 속에서 삶의 지혜와 용기를 새삼 깨닫게 되는 이유이기도 하다.

죽은 자의

히아신스

우리는 사람이 죽으면 관이나 무덤에 주로 하얀 국화를 바친다. 그런데 수렵채집 생활로 먹고살았던 수만 년 전의 원시인들도 인간이 죽으면 꽃을 바쳤을까?

'메소포타미아 문명'을 꽃피운 곳이자 세계 최초의 문명발상지인 지금의 이라크 북부, 한 동굴에서 6만 년 전의 화석이 발견되었다. 한 네안데르탈인 소년을 비롯한 여러 유골과 그 유골 주위를 빙 둘러 먼지 덩어리처럼 굳어 있는 꽃가루들도 나왔다. 그 꽃가루들을 분석하니 놀랍게도 모두 지금도 볼 수 있는 꽃들이었다. 아킬레아, 무스카리, 엉겅퀴, 접시꽃, 히아신스……. 그때도 네안데르탈인들은 사람이 죽으면 꽃을 같이 묻었던 것이다. 물론 산 자들의 상처를 치유하거나 죽은 자들의 부활을 꿈꾸며 치른 '식물 순장' 같은 의식이었을지도 모른다.

그리고 또 중요한 것은 시신들의 형태였다. 모두 머리에 양손을 갖다 대고 있었다. 어머니 뱃속의 태아 같은 자세였다. 죽은 뒤 태아로 돌아가서 다시 태어날 자세로 보이기도 하고, 사후 영혼의 가장 편한 자세이자 가장 편한 곳이 어머니의 양수라서 그런 것 같기도 하다.

몇 해 전 어느 날, 500년 전의 씨앗에서 붉은 연꽃이 피었다. 위로 솟는 것 중에서 가장 위대한 것이 씨앗이다.
죽은 자 옆에서 향기를 뿜어내는 꽃이 히아신스라는 것,
죽은 자의 모습이 원초적인 태아의 자세라는 것,
이것이 곧 시이고 이것이 곧 씨앗이다.

6만 년이 지나도 인간의 가장 위대한 발명품인 죽음 앞에

서는 그때나 지금이나 히아신스가 국화로 바뀌었을 뿐 곧
'다시 태어날' 망자의 영혼을 위로하고 슬퍼하는 마음은 그
대로다.

판사는 시인이고
판결문은 시다

    셰익스피어의 소설 《베니스의 상인》에는 끔찍한 '인육재판'이 나온다. 악덕 고리대금업자인 샤일록이 친구 안토니오에게 돈을 빌려주면서, 만약 약속한 기한 내에 갚지 못하면 그 이자로 심장 근처의 살 1파운드를 베어가기로 계약한다. 가난한 안토니오는 제때 빚을 갚지 못하고 샤일록은 복수의 칼날을 갈며 잔인한 재판을 건다. 소위 '인육재판'이다. 황당한 계약조건에 난감해하던 판사 포셔는 거듭 심사숙고한 끝에 드디어 판결을 내린다.

"이 계약서에 따르면 채무불이행 시 심장 근처의 살 1파운드를 받기로 했으니 채권자는 계약대로 채무자의 살점을 1파운드 베어가시오. 단, 피는 한 방울도 흘려서는 안 될 것이오. 그건 계약조건에 없었으니 말이오."

인간의 존엄성을 지키고 정의는 살아 있다는 것을 보여준 판결이다. 또한, 명쾌한 역설이다. 이 시적 직관 덕분에 한 사람의 생명을 구했다.

셰익스피어(1564~1616) 사후 무려 400여 년이 지나서야 법학자들이 법적 정의보다 시적 정의에 눈을 뜨며 이렇게 말한다.

"판사는 시인이고 판결문은 시다." (J.B. 화이트)
"모든 판사는 시인이고 모든 시인은 판사이다." (마사 누스바움)

행복에
대한
예의

전 국토가 금연구역이고 동물도 천수를 누리는 나라, 미끼로 물고기를 속여서 낚시한다고 종신형을 받는 나라, 무상의료는 물론 무상교육으로 대학까지 공짜로 다닐 수 있는 나라, 신혼부부에게 결혼 축의금으로 무려 4천 평의 땅을 공짜로 주는 나라, 첫눈 오는 날은 첫사랑을 만나라고 권장이라도 하는 듯 전국의 학교와 직장이 의무적으로 쉬는 나라, 전체 영토는 남한의 절반이고 인구는 제주도쯤 되는 나라, 국민의 97퍼센트가 '행복하다'고 말하는 나라, 국가 기본 정책이 Small(작은 것), Slow(느림), Smile(미소), Simple(단순함)

의 4S인 나라, '국내총생산'보다 '국민총행복'이 더 중요하다
고 선언한 나라,

이 나라가 바로 국민행복지수 세계 1위의 부탄이다.
그런데 우리는 좋은 것만 알고 있다.

부탄도 70만 국민이 일하고, 먹고 사는 나라다. 공장이나
철도, 고속도로, 터널, 신호등이 없는 은둔왕국이지만 길도
있고 밭도 있고 건물도 있고 아득한 절벽의 사원도 있다. 그
러니까 의식주를 기본으로 하여 경제활동을 하고 종교를 믿
는 것이다. 그러면 소박한 규모라고 해도 부탄의 가장 위험한
노동은 누가 하는가. 바로 인도에서 부탄으로 돈 벌러 온 불
가촉천민들과 힌두교도들이다. 오래전 네팔계 부탄인 10만
여 명이 부탄에서 강제 추방되기도 했는데, 이들이 바로 세
상을 놀라게 한 '네팔 난민들'이다.

현재 부탄의 험준한 산악도로나 건물, 절벽의 사원 등을
공사하는 위험한 건설현장의 노동자들은 거의 네팔의 빈민
들이나 인도의 불가촉천민들이다. 그들은 선거권도 없고 국

민 자격도 주어지지 않으며 아예 국민행복지수 조사 대상자에도 끼지 못하는 부탄의 노예들일 뿐이다. 세계에서 가장 행복한 국민들이 사는 나라 부탄, 부탄의 거룩한 국민행복지수는 노예들의 피와 눈물로 쌓은 노트르담 대성당처럼 인도와 네팔 노동자들의 등을 밟고 센 허수다. 어쩌면 행복지수에서 비토를 놓은 3퍼센트가 97퍼센트의 허구성을 꼬집는 양심의 소리인지도 모른다.

국민의 행복을 자본의 더러운 돈이 보장해주지 않는다며 일부러 '자발적 고립'을 택한 부탄이 결코 나쁘다는 얘기가 아니다. 이 지구상에는 그만한 나라를 찾기 힘들고 완전한 개인의 자유로운 연대도 없다. 그러니 행복해도 이면의 불행을 알고 행복해야 한다. 그게 행복에 대한 예의다.

2부

새는 바람이 강하게 불 때

집을 짓는다

나무들은

그리움의 간격으로

서 있다

"너무 가까이 심으면 서로 먹으려고 싸우다가 다 죽는다."

어릴 때 논밭에 씨앗이나 모종을 촘촘히 심다가 어른들에게 자주 들었던 핀잔이다. 언뜻 산의 나무나 들판의 풀꽃이 아무렇게나 피어 있는 것처럼 보이지만 사실은 서로 일정한 거리를 유지하고 있다. 거리의 가로수들도 자세히 보면 서로 일정한 간격을 유지한 채 서 있다. 넓은 과수원의 과일나무들도 그렇다. 와인을 만드는 유럽의 포도나무들 사이도 약 1미터이고, 나무골과 골 사이는 약 2.5미터이다. 꽃과 나무들이 동물처럼 대를 이어 살아남기 위해 필요한 간격으로, 서로 침범하지 않는 최소한의 영역이다. 동식물학자들은 그것을 '개체거리'라고 부르며 실제로 관련된 연구 결과를 내놓았다. 생명을 유지하는 데 서로 지장이 없는 거리만큼 떨어져서 뿌리를 내리는 것이다. 거리를 유지하지 못하면 모두 시들어 죽는다. 그런데 대나무는 이와 반대다. 오히려 땅에 가까울수록 서로 더 밀착해 있다. 하늘 높이 치솟은 가느다란 줄기를 지탱하기 위해 땅속의 뿌리들이 어깨동무하듯 서로 촘촘하게 얽힌다. 그래서 대나무는 한 그루만 따로 뿌리째 캐는 일이 거의 불가능하다.

새들도 서로 일정한 거리를 유지한다. 바닷가의 갈매기들은 약 30센티미터씩 떨어져서 먹이를 찾고, 외발로 갯벌에 드문드문 서 있는 홍학들은 58센티미터, 전선 위의 참새들은 15센티미터쯤 떨어져 앉아 있다. 이것은 서로 간 존중과 배려의 간격이기도 하다. 그 일정한 간격을 넘을 때 갈등과 대립이 생긴다. 생존권 사수를 위해 죽음도 불사하는 동물들의 영역 다툼이 바로 그것이다.

사람 사이에도 '개인거리'가 있다. 서로를 존중하고 배려하는 거리이자 상대방을 있는 그대로 인정해주는 간격이기도 하다. 문득 20여 년 전 후배 시인이 문학동네에서 낸 산문집에 제목을 지어준 기억이 떠오른다.《나무들은 그리움의 간격으로 서 있다》라고 내 시 한 구절을 살짝 떼어다 지었다. 그때 난 삶의 간격은 곧 그리움의 간격이라고 생각했다.

당신들은 지금 타인의 영역을 침범하지 않으며 '개인거리'를 유지하고 있는가……?

나이테

흔히 나무의 나이는 나이테로 가늠한다. 그런데 아프리카 같은 열대지방 나무에는 나이테가 없다. 나이테는 추울 때만 생기기 때문이다. 그러니까 나이테는 고통의 나이인 셈이다. 또 나무는 사람처럼 나이를 수직으로 쌓으며 먹지 않고 수평으로 평등하게 먹는다. 그 때문에 사람보다 오래 사는지도 모른다.

옛날에 궁궐을 지을 때 쓴 나무는 금강송이다. 이 소나무는 춥고 폭설이 자주 내리는 강원도 일대에서 자란다. 날씨가 너무 추워 성장 속도가 느리면 나이테가 촘촘하게 생기고, 나이테가 촘촘해질수록 목질의 밀도가 높아져 나무는 더욱 단단해진다. 다른 나무들보다 어렵고 험난한 성장환경이 금강송이라는 명품 소나무를 탄생시킨다. 그러니까 나이테는 나무가 목숨 걸고 견뎌낸 고통의 상징이다.

사람의 나이는 고통을 이겨낸 나이테가 아니라 해마다 죽음의 대출금을 상환한 영수증이다. 그리고 '인생의 후회'라는 이자는 늘 연체된다. 올해도 본의 아니게 나이를 먹더니 이자율도 높아졌다. 내 몸의 나이테는 촘촘해지지 않고 자꾸만 느슨해진다.

눈물 젖은

추억

레오나르도 다 빈치Leonardo da Vinci의 명화 〈최후의 만찬〉을 볼 때마다 내 호기심을 자극한 건 긴 테이블 위의 음식이다. 과연 예수와 열두 제자들은 마지막 식사로 무엇을 먹었을까. 그림이 너무 흐려 성경에 나온 '포도주와 빵'이 맞는지도 잘 모르겠다. 그런데 미국의 한 음식문화연구가가 다행히 그 궁금증을 풀어주었다. 흐린 그림을 복원해 보니 메인 요리가 '장어구이'였다는 것이다.

더 자세히 말하자면, 예수의 왼쪽 작은 접시에 담긴 음식이 '오렌지 슬라이스를 얹은 구운 장어'라고 한다. 또 유다가

소맷귀로 슬쩍 밀쳐버린 조그만 소금통도 보인다. 너무 뜻밖이었다. 하긴 그 시대에는 물고기가 주식의 하나여서 놀라운 일은 아니다. 다만 현재 한국의 음식문화에서 장어는 '보양식'이라는 고정관념 때문에 다소 엽기적으로 보일 수도 있다. 그리고 '최후의 만찬'을 소재로 한 여러 화가들의 그림마다 음식의 종류도 조금씩 다르고 또 화가 자신의 기호식품이 담겨 있기도 하다.

그런 점에서 보면 〈최후의 만찬〉 속 장어구이는 다 빈치가 특별히 좋아했던 요리일 수도 있다. 실제로 이교도를 이끈 교주이자 동성애자였던 다 빈치를 소재로 한 스페인 팩션소설 《최후의 만찬》에서는 그가 양파와 마늘, 특히 생선을 즐겨 먹었다는 얘기가 나온다. 물론 예수와 열두 제자들이 최후의 만찬에서 실제로 먹은 게 장어구이인지는 아무도 모른다.

몇 년 전 감옥의 사형수들이 사형집행 전날에 가장 먹고 싶은 음식이 무엇인지 조사한 결과가 나왔다. 그것은 바로 모두 어릴 때 어머니가 해준 소박한 음식들이었다. 어쩌면 다 빈치의 〈최후의 만찬〉에 나오는 장어구이도 그가 어릴 때 어머니가 구워준 '눈물 젖은 추억'일지도 모른다.

최후의 만찬은 살아생전에 마지막으로 먹는 한 끼다. 올 때는 순서가 있지만 갈 때는 순서가 없다고 하니 문득 나의 눈물 젖은 추억은 무엇인지 생각하며, 오랜만에 행복했던 먼 고향의 유년 시절로 떠나본다.

늘 약자 편에

서는

학교

인도의 마요칼리지Mayo College는 나라 전역에서 최우수 학생들을 선발하는 최고의 국립 명문고등학교이자 종종 세계 10대 명문고에 뽑히기도 하는 학교다. 세계적인 정치지도자와 CEO, 리더를 양성한다는 이 학교는 기숙사의 전교생이 날마다 새벽 5시 30분에 기상한다. 모든 학생들은 강도 높은 군대식 체력훈련을 하며 하루를 시작한다. 체력이 약하면 학습 효율도 떨어진다는 오랜 신념 때문인지 강인한 체력을 통한 강건한 정신의 단련은 혹독할 정도다. 그런데 내 눈에 이 학교가 무엇보다 인상 깊었던 이유는 아래의 세 가지 때문이다. 첫째는 열악한 교실 환경으로 학생들은 40도에 육박하는 찜통더위에 교실 천장에서 낡은 선풍기만 돌아가는데도 아랑곳없이 공부한다. 둘째는 학생들의 스마트폰 사용을 금지하고 학내 공중전화를 이용하도록 하는 교칙이다. 마지막 이유는 식사 전마다 합송하는 산스크리트어 기도문의 내용이다.

'옴 타삿 부라마 파라마수트.'

'이 세상 모든 사람이 음식을 먹게 해주세요.'라는 뜻이다.

인도에는 한 끼 음식조차 먹지 못하는 사람들이 많다는 현실을 언제나 잊지 말라는 경종이다. 스마트폰 소유를 금지하고 교실의 낡은 시설을 그대로 놔두는 것은 빈부격차가 심한 인도에서 조금이라도 위화감을 조성하는 행위를 금지한다는 뜻이다. 또 늘 약자 편에 서서 보고 듣는 전통적인 교육철학 때문이다.

마요칼리지의 마당에는 유서 깊은 고목들이 있고 그 높은 가지들마다 여러 개의 동아줄이 걸려 있다. 신입생 때는 혼자 고목을 타고 오르기 힘들지만 졸업할 때가 되면 모두 쉽게 타고 오르내린다.

우분투

유럽의 한 문화인류학 교수가 아프리카의 어느 부족을 찾아갔다. 어느 날 그 부족의 어린아이들을 대상으로 상품이 걸린 달리기대회를 개최했다. 그런데 아이들은 혼자 1등을 하기 위해 열심히 달리는 게 아니라 서로 손을 잡더니 나란히 달려 모두 똑같이 공동 1등을 해버렸다. 깜짝 놀란 인류학자가 아이들에게 물었다.

"1등을 하면 혼자 상품을 다 차지할 수 있는데 왜 함께 뛰는 거야?"

아이들이 대답했다.

"우분투! 다른 친구들이 모두 슬픈데, 나 혼자만 행복해질 수 없으니까요."

'우분투ubuntu'라는 말은 반투족의 인사말로 '네가 지금 여기 있기 때문에 나도 여기 있다.'라는 뜻이다. 반투족은 서로 만날 때마다 우분투라고 인사한다. 세계에서 인종차별이 가장 극심한 곳이 남아프리카공화국이다. 우분투는 그 나라의 평화주의자이자 세계적인 인권운동가 넬슨 만델라Nelson Mandela 대통령이 자주 사용한 인사이기도 하다. 1994년 마침내 유혈분쟁 없이 최초의 흑인 대통령이 탄생하며 백인에게서 흑인으로 정권이 넘어갔다. 인종 이전에 같은 사람으로서 서로를 존중하는 우분투 정신이 있었기에 가능했다. 이기주의와 차별이 넘치는 중환자실 같은 사회에 사는 우리로서는 꼴찌 없이 모두가 1등인 '우분투 세상'이 마냥 부러울 뿐이다.

독수리
이야기의
진실

인터넷에 떠도는 감동적인 일화들 가운데 '독수리의 비장한 미학'이라고 할 만한 스토리가 있다.

독수리는 최대 수명인 70살까지 살기 위해서 40살쯤에 처절하게 고통스러운 변신을 한다. 40살이 된 독수리는 이미 부리와 발톱이 무뎌지고 닳고 닳아 더는 사냥을 할 수 없는 상태에 이른다. 그때 독수리는 본능적으로 결단을 내린다. 대충 1년쯤 더 살다가 죽을 것인지, 아니면 고통스럽지만 변신해서 30년을 더 살 것인지……

드디어 결단을 내린 독수리는 홀로 절벽 꼭대기로 올라간다. 독수리는 제일 먼저 자기 부리를 바위에 쪼고 으깨서 완전히 뽑아낸다. 그 빈 곳에 날카로운 부리가 새로 돋아나면 이번엔 그 부리로 낡은 발톱을 물어뜯어 뽑아낸다. 몇 달 후 발톱이 빠진 자리에 새 발톱이 돋아나면 독수리는 마침내 새 부리와 새 발톱으로 하늘 높이 날아다니며 먹이를 사냥한다. 목숨을 건 자신과의 처절한 사투에서 승리한 독수리는 두 번째 삶을 눈부시게 시작하고 30년이나 더 살아간다.

전설 속의 불사조 같은 이 얘기가 모두 사실이라면 정말 '독수리의 비장한 미학'이 아닐 수 없다. 그러나 이 비장하면서도 아름다운 감동 스토리는 전부 독수리를 자해공갈단으로 만든 허황된 이야기다. 독수리의 평균수명은 25~30살이다. 어쩌다 50살 정도까지 장수한 사례가 딱 한 번 있었다고 학계에 보고되었다.

무엇보다도 독수리는 부리와 발톱이 모두 빠지면 바로 죽는다. 새는 지방을 몇 달 이상 저장하는 육식동물이 아니다. 부리와 발톱을 뽑고 새로 돋아나는 몇 달을 기다리는 동안 이미 굶주려서라도 사망한다. 하물며 자살행위도 아니고 먹이 사냥의 절대적 무기인 부리와 발톱을 자기 스스로 뽑아내다니…….

우리는 때로 너무 감동적인 스토리에 경도된 나머지 사실 여부를 점검하지 않는 경우가 많다. 그게 또한 소설 같은 스토리의 생명력이기도 하다. 하지만 이건 소설이 아니라 엄연한 독수리의 생태다. 차라리 미지의 새를 주인공으로 설정한 스토리라면 다소 차원은 다르겠지만 감동은 여전히 유효할 것이다. 인간 생태계를 위해 자연 생태계의 목을 비틀지 말아야 한다. 이제 허황된 얘기에 진실 여부를 확인하지 않은 채 무턱대고 감동할 만큼 세상은 어둡지 않다.

의심하지 않으면 진실은 묻힌다. 묻힌 진실은 스스로 뚜껑을 열기 힘들지만 새로 돋은 부리와 발톱이 진실의 못을 완전히 뽑지는 못한다.

러시아

볼가강의

접시닦이

내 고교 시절 망명지는 부산의 학교 도서관과 보수동 헌책방이었다. 어느 날 그 헌책방 구석에서 먼지 묻은 책 하나가 눈에 띄었다. 러시아 소설가 막심 고리키Maksim Gorky가 쓴 《나의 대학》이라는 자전소설이었다. 그는 프랑스 소설가 장주네Jean Genet처럼 어린 시절부터 넝마주이가 되어 구두수선공, 새잡이, 짐꾼, 빵집 보조 등을 하며 겨우 생계를 이어갔다. 초등학교 3학년을 중퇴하고 가출해 떠돌다가 우연히 볼가강 화물선의 접시닦이로 들어갔다. 그리고 그곳에서 잊을 수 없는 '멘토'를 만났다. 주방장이었던 멘토는 독서광에다

파란만장하게 살아온 '인생 달인'이었다. 어린 소년 고리키는 볼가강을 오르내리며 틈날 때마다 주방장 멘토가 추천하는 책들을 탐독했다. 그 독서의 씨앗이 자라 고리키를 도스토예프스키Dostoevskii와 톨스토이Tolstoy의 반열에 오르게 하고《어머니》라는 감동적인 명작을 낳게 했다.

코엘료Coelho의 소설《연금술사》에 "행복의 비밀은 숟가락 속의 기름 두 방울을 잊지 않는 데 있다."는 말이 나온다. 주인공은 양치기 소년 산티아고이다. 그의 전 재산은 양 떼와 담요, 가죽물푸대 그리고 책 한 권뿐이다. 산티아고는 소설 마지막에 이르러 마침내 그토록 꿈에 그리던 보물을 찾는다.

멀리 이집트의 피라미드를 찾아 떠났던 산티아고는 집 근처에 있는 낡은 교회의 무화과나무 아래에서 보물상자를 캐낸다. 여기서 독자들은 언뜻 소설 제목을 떠올리며 '연금술'은 피땀으로 무엇을 만들어가는 노력의 결과가 아니라 땅속에서 저절로 얻는 행운이라고 생각할 수 있다. 또 보물은 멀리 있는 게 아니라 바로 가까이에 숨어 있는 존재쯤으로 여기기 쉬울 것이다. 둘 다 착각이다. 삶의 보물을 찾아 가시밭길을 걸어가는 긴 고난의 발자국들과 그 밟는 순간순간의 황금 같은 시간이 바로 연금술이다.

'고리키'라는 필명은 '쓰라림'이라는 뜻이다. 얼마나 비참
하고 쓰라린 경험이 가슴을 저몄으면 그렇게 지었을까. 말년
에 고리키는 그 주방장을 '첫 번째 스승'이라 불렀고, 볼가강
접시닦이 시절의 몇 년을 '나의 대학 시절'이라고 불렀다. 그
는 그 시간을 좁은 배에 갇힌 세월이라고 여기지 않았다. 힘
들게 일하는 노동자들과 합숙하면서 인간과 세상에 눈을 뜨
고 깨달은 연금술 같은 시간이라고 믿은 것이다.

나도 가끔은, 보수동 헌책방에 수시로 망명해 책들의 창문
을 열며 지내던 고교 시절을 나의 '예비대학 시절'이라고 부
른다. 그 시절은 다시 돌아올 수 없는 아름다운 망명이었다.
그리고 나는 기꺼이 포박을 꿈꾸는 추억의 포로이다.

먼지의

무게

   고색창연한 절에 갈 때는 반드시 그 절에 쌓인 먼지의 무게와 내 몸속에 쌓인 먼지의 무게를 달아보아야 한다. 그리고 먼지 속을 잘 꿰뚫어 보아야 한다. 특히 절집 먼지는 단자의 밀도가 높아 하염없이 깊어 보이고 하염없이 단단해 보이기 때문이다. 눈 밝은 사람일수록 그 먼지 속의 심연도 잘 보일 것이다. 먼지 속 심연의 무게와 내 몸속 심연의 무게가 서로 같아지면 마침내 공명을 일으킨다. 그 공명현상을 우리는 '깨달음'이라고 부르고 그 경지를 '득음의 경지'라 한다.

   득음, 득음이라······.

나는 눈이 어두워 그것을 먼지 속의 심연에서 찾지 못하고 노승들의 낡은 지팡이 끝에서 찾으려 한다. 먼지가 쌓일 틈도 없이 닳고 닳은 그 지팡이 끝이 요즘 나를 몸살 나게 만든다.

내 몸무게를 달아보니
65킬로그램
먼지의 무게가 이만큼이라니!

일본 시인 오자키 호사이尾崎放哉의 '하이쿠'다. 아직 먼지 속의 심연에는 이르지 못하고 바깥에 머물러 근수만 달고 있다. 그럴지라도 먼지에서 근수는 찾아내지 않았는가! 그럼 우리는 무얼 찾아낼 것인가. 길게 고민하지 말고 우선 내 몸속에 작은 절 하나부터 지어볼 일이다. 그러면 먼지가 쌓일 것이고 그 속에 내가 있을 것이다.

고개를 들어 허공의 바닥을 무심한 듯 쳐다보니 먼지가 흰 눈처럼 자욱이 쌓여 있다.

맨발

부처가 죽은 지 7일째 되는 날, 스승의 부음을 뒤늦게 들은 수제자 가섭이 달려왔다. 부처가 대중에게 들어 보인 연꽃의 의미를 깨닫고 유일하게 미소 지은 그 염화미소의 주인공이 바로 가섭이다. 그가 스승의 관을 붙잡고 눈물을 흘리자 관 뒤쪽이 부서지면서 스승의 두 발이 밖으로 나왔다. 가섭은 스승의 맨발을 두 손으로 감싸 안고 오열했다.

부처는 열반의 길에서 마지막으로, 삭발한 머리나 목탁을 두드리는 손 같은 육신의 다른 것들을 보여주지 않고 맨발만

관 밖으로 내밀어 보여주었다. 부처는 출가 이후 신발을 신지 않았다. 신발은 삭발하기 전에 가장 먼저 버렸다. 싯다르타 왕자 시절의 황금빛 가죽신발이었다. 부처의 초상화에서 보이는 비틀어진 상처투성이의 발은 그가 험한 길을 평생 맨발로 걸어 다녔기 때문이다. 그래서 부처의 두 발은 '출가'의 상징이기도 하다.

부처는 처음에 연꽃을 보여주었고 마지막에는 두 발을 보여주었다. 수행은 삭발한 머리가 아니라 세상을 지탱하는 두 발로 하는 것이다. 두 발이되 맨발이어야 한다. 제자들에게 마지막으로 발을 보여준 것도 그런 의미일 것이다. 두 발이 가장 낮은 자리에서 아래를 볼 때 그 맨발에서 연꽃이 피어난다. 그것이 수행의 염화미소다.

문어의

부화

어느 날 모임에 갔는데 문어가 안주로 나왔다. 한동안 문어를 물끄러미 내려다보며 숙연해지고 말았다. 얼마 전 문어의 모성을 알고부터 문어를 먹는 게 너무 죄스러웠기 때문이다.

문어의 부화(포란) 기간은 지구상의 모든 동물 중 가장 길다고 한다. 수심 1,400미터에서 사는 한 문어는 무려 4년 6개월 동안 바위에 딱 붙어 알을 품고 단 한 번의 이동도 없이 그 자리에서 부화에 성공했다. 심지어 믿기지 않지만 이어미 문어는 아무것도 먹지 않았다. 물고기들은 보통 수많은 알을 낳는데 문어는 150개쯤만 낳기 때문에 종족 보존을 위해 오래도록 더욱 지극정성인지도 모른다. 알이 부화해 새끼가 조금 자랐을 때 이 어미 문어는 기진맥진해 몸도 바싹 마른 나뭇잎처럼 쪼그라들고 색깔도 시커멓게 변해버렸다. 해외 매스컴이 문어에게 '올해의 어머니상'을 줘야 한다고 흥분한 게 충분히 이해되고도 남는다.

불가능한 것

공자의 《논어》에서 이 대목이 내 눈을 찔렀다.

그것이 불가능한 것을 알면서도 한다.

언뜻 "우리 모두 리얼리스트가 되자. 그러나 가슴속엔 항상 불가능한 꿈을 가지자."라는 체 게바라Che Guevara의 말이 떠올랐다. 정의가 죽고 불의가 지배하는 세상일수록 권력의 벽을 허물려는 '헛된 꿈'의 소유자들이 많은 법이다. '불가능한 것'은 60여 년 전 체 게바라 시절에도 많았지만 수천 년 전 공자 시절에도 많았던 모양이다. 그리고 그 헛된 꿈을 함부로 꾸다가 형장의 이슬로 사라진 이들이 얼마나 많았으면 점잖은 맹자까지도 이런 말을 하며 노여워했겠는가.

옳은 것을 옳다고 말하기 위해서는 목숨 걸 용기가 필요하고 틀린 것을 틀렸다고 말하기 위해서는 밥줄이 끊어질 각오를 해야 한다.

무릇 가장 나쁜 세상은 표현을 할 수 없는 세상이고, 그보다 더 나쁜 세상은 꿈조차 꿀 수 없는 세상이다. 비록 헛된 꿈이지만 그 꿈마저 봉쇄된 세상은 단지 좀 더 넓은 감옥에 불과하다. 그동안 난 작가로 살아오면서 무엇이 불가능한지도 모른 채 수없이 헛된 꿈을 꾸었다. 더구나 문학은 과학이나 수학처럼 공식을 풀어 정답을 제시하는 것도 아니다. 세월이 덧없이 흘러도 정신적 가치를 잃지 않는 '상상 너머의 세계'가 너무 매혹적이었다. 하지만 애당초 불가능한 것이 무엇인지 알았더라면 더이상 헛된 꿈은 꾸지 않았을지도 모른다.

몰랐던 게 다행이다.

빗방울

여행

   그녀를 만나러 버스를 타고 가는데 비가 내렸다. 유리창에 맺힌 빗방울들이 수직으로 미끄러지기도 하고 사선으로 흐르기도 했다. 빗방울들은 유리창에 부딪히자마자 자신의 형체를 완전히 허물어버렸지만 간혹 그렇지 않은 빗방울들도 있었다. 내 시선은 자기 형체를 유지하며 사선으로 여행하는 두 개의 빗방울을 따라갔다. 그들은 양쪽에서 안쪽을 향해 서로 비스듬히 흘러내렸다. 흘러내리며 유리창에 자신들의 얼굴을 끊임없이 비췄다.

두 개의 빗방울은 미끄러지듯 구르면서 조금씩 자신의 둥근 형체를 허물며 녹아들기 시작했다. 그렇게 서로를 향해 머뭇거리듯 애틋하고 간절하게 다가가는 빗방울들. 그들을 보며 안팎의 경계에서 쩡쩡 울리는 겨울 얼음장처럼 긴장하는 유리창의 속살. 마침내 두 개의 빗방울이 허물어지기 직전에 서로 만났다. 만나자마자 완전히 녹아들어 수평 자세로 돌아갔다. 그리고 지금까지 먼 여행의 바탕과 길이 된 유리창 속으로 함께 스며들었다. 완벽한 녹아듦이었다.

이 빗방울들의 먼 여행에서 가장 눈부신 일은 빗방울들이 서로 만나서 자신을 허문 게 아니라 만나기 전에 이미 자신을 허물었다는 점이다. 허문 만큼 비워지고 가벼워진다. 다시 나는 가고 다시 그녀는 온다. 애틋한 마음이 먼저 가고 간절한 마음이 먼저 온다. 서로 빗방울처럼 긴장하며 조금씩 허물어진다. 여행도 그렇다.

삐딱하게

크기

과일은 햇빛을 많이 받아야 당도가 높아진다. 그래서 과일 나무를 심을 때 각도 조절이 중요하다. 대부분의 과수원 나무들은 수직으로 반듯하게 자란다. 얼마 전 여행 중에 농장에서 삐딱한 과일나무를 발견했다. 얼핏 쓰러져가는 것처럼 보여 주인에게 물었더니 자두나무인데 처음부터 45도 각도로 기울여 심었다고 한다. 생장 초기부터 비스듬히 틀을 잡았고 휘어진 나무줄기의 방향을 잡아주기 위해서 여러 나뭇가지에 돌을 매달기도 했는데, 마치 어린 자식을 조기교육 시키는 것 같다고 했다.

다년간 연구한 결과 과일나무들은 똑바로 자랄 때보다 45도쯤 비스듬히 누워 자라야 열매도 많이 맺히고 당도도 훨씬 높아진다고 한다. 이 각도로 자라는 나무가 똑바로 자라는 나무보다 해가 뜨고 질 때까지 일조량이 더 많기 때문이다. 햇빛을 많이 흡수하는 만큼 당도가 진할 수밖에 없다. 또 나무가 바닥 가까이 기울어 있으니 열매를 따기도 쉽다. 농사꾼이 터득한 지혜의 당도가 자두보다 달다.

사람 역시 반듯하게 자라기도 하고 삐딱하게 자라기도 한다. 물론 이것은 신체의 각도가 아니라 독특한 성격이나 개성 같은 정신적 각도를 말한다. 이처럼 삐딱하게 자란 사람이 꼿꼿하게 자란 사람보다 인생의 당도가 훨씬 진할 수 있다는 것을 자두나무에서 배운다.

사람은
다치지
않았느냐?

'세계에서 가장 위험한 철학자' 슬라보예 지젝이 《논어》를 읽고는 공자를 '멍청이의 원조'라고 말했다. 나도 우연히 그 '멍청이의 헛소리'를 볼 기회가 생겼다. 그런데 구구절절 지극히 '공자 같은 말'들을 보다가 그만 이 대목에서 내 눈길이 딱 멈췄다.

어느 날 공자가 일을 마치고 집에 돌아오니 불이 나서 그만 마구간이 홀랑 타버렸다. 하인에게 자초지종을 들은 공자가 물었다.

"사람은 다치지 않았느냐?"

이게 끝이다. 그러니까 마구간의 말馬들에 대해서는 한마디도 묻지 않고 사람 걱정만 했으니 지금 보면 너무 당연한일이다. 그런데 과연 그럴까? 《논어》를 기록한 후대의 제자들이 멍청한 바보들이 아니라면 왜 아까운 시간을 낭비하며당연한 얘기를 기록했을까? 난 그 이유를 잠깐 고민하다가어릴 때부터 내 취미였던 '물구나무서서 세상 바라보기' 카드를 꺼냈다. 어떤 문제든 막힐 때는 거꾸로 생각하면 대체로 풀린 경험 때문이다.

당시 말과 사람의 가치를 비교해보자면 2,500년 전에는한 마리 말값이 한 사람의 가치보다 더 비쌌다는 얘기다. 그러면 당연히 말의 안위부터 먼저 물어야 하는데도 공자는 세상물정을 거슬러 감히 사람 걱정부터 한 것이다. 하물며 '똥값'에 불과한 마구간 일꾼이라면 더욱 그렇다. 그러니 제자들도 '공자어록'에 들어갈 말을 간택하느라 서로 뜨거운 논쟁을 한 끝에 최종 결정을 내리지 않았겠는가.

물론 인간을 최우선으로 보는 요즘의 관점에선 지젝의 지적처럼 너무나 당연한 헛소리에 지나지 않는다. 그러나 한 시대의 보편적 서열을 거부하고 사회적 상품가치를 전복하는 그 당시 공자의 행동은 흑인 노예의 족쇄를 풀어 자유를 찾아준 링컨 대통령보다도 파격적이었다. 공자는 더 멀리 내다보며 꿰뚫고 있었다.

산수유 씨앗

- 전우익 선생의 휠체어를 밀며

2003년, 뜨거운 여름이었다. 전우익 선생이 사고로 대구의 한 병원에 입원해 있을 때 난 며칠 동안 그늘만 찾아다니며 휠체어를 밀었다. 예전에 봉화 청량사를 오를 때는 그의 등을 밀었다. 선생은 질문이 곧 성찰에 이르는 길인 듯 줄곧 물었다.

왜 한국에는 도연명 같은 혁명적인 시인이 없는가?

왜 권정생 같은 동화작가가 다시 나오지 않는가?

왜 쌀알 한 톨이 이 세상에서 가장 무거운가?

왜 벼꽃이 피는 걸 '개화'라 하지 않고 '출수'라 부르는가?

왜 포도나무는 자꾸 사막 멀리 뿌리를 뻗어가는가?

왜 큰 것은 작은 것을 겸하지 못하는가?

왜 세상은 인간이 직립한 이후부터 비극이 생겼는가……?

14년 전 세상을 떠난 선생의 질문이 아직도 귀에 맴돈다. 그의 책 《혼자만 잘 살믄 무슨 재민겨》에도 나오지만 무슨 선거 때만 되면 노란 산수유 이야기가 떠오른다. 어느 날 전 선생이 밭에 산수유 묘목을 심고 있는데 이를 본 이웃들이 그게 언제 커서 돈이 되겠느냐며 혀를 찼다. 5년 후, 선생이 심은 나무에서 노란 꽃이 활짝 피더니 10년이 지나자 샛노란 숲으로 변해 산수유 향기가 온 마을에 진동했다. 선생은 산수유 묘목을 가꿔 이웃들에게 나눠주었다. 간혹 묘목 대신 씨앗을 달라는 사람들도 있었다. 이 대목에서 전 선생이 빙긋이 웃으며 내게 물었다.

"자네는 씨앗과 묘목 중 어느 것을 받겠는가?"

나도 빙긋이 웃으며, 아무것도 받지 않겠다고 대답했다.

토양이 너무 나빠 먼저 땅부터 완전히 갈아엎지 않으면 아까운 산수유 씨앗만 버리게 될 거라고 덧붙였다. 전 선생이 다시 빙그레 웃으며 고개를 끄덕였다.

병원의 작은 마당에 저녁 어스름이 깔리기 시작했다. 어둠과 빛이 교차하면서 모든 것들이 지워져 갔다. 생사의 안팎이 그 한순간의 박명 같은 것일지도 몰랐다. 이제 어제의 씨앗이었던 저 나무들도 내일이 되면 재로 변할 것이다. 그 잿더미에서 쌀알 같은 벼꽃들이 피어나기도 할 것이다. 두 바퀴를 내 두 손으로 직접 굴리는 휠체어는 내 손에 힘을 주는 만큼만 천천히 바퀴 자국을 남겼다.

선생님의

사랑

나치 점령 당시 폴란드의 한 초등학교에 독일군이 기습해 유대인 어린이들을 끌어냈다. 잔뜩 겁에 질린 아이들을 선생님이 꼭 안아주었다. 독일군이 아이들을 떼어내 트럭에 태우자 선생님은 사랑하는 아이들만 보낼 수 없다며 같이 트럭에 올랐다.

유대인이 아닌 선생님은 그렇게 강제수용소로 끌려가 트레블린카 가스실 앞에 섰다. 그러고는 공포에 떠는 아이들의 손을 꼭 잡고 함께 가스실로 들어갔다. 이것은 실화다.

예루살렘의 유대인 희생자를 기리는 추모관 뜰에는 제자들을 두 팔로 꼭 껴안고 있는 코자크 선생님의 동상이 세워져 있다. 제자들을 위해 목숨까지 버린 선생님의 사랑이 가슴을 저미게 한다. 우리는 지금 어떤 사랑을 하고 있는가.

성년식

보슬비가 내리는 봄날, 어미 두꺼비가 조그만 새끼들을 데리고 산을 오르기 시작했다. 바위나 가파른 절벽에 다다르면 새끼들을 한 마리씩 물어 나르고, 뱀 같은 천적이 나타나면 독가스를 뿜어 물리쳤다. 그렇게 몇 주 동안, 느리지만 쉬지 않고, 계속 힘겹게 산을 올랐다. 그러는 동안 이미 절반의 새끼들을 잃었다. 마침내 해발 1,000미터쯤 이르러 대장정이 끝나자 새끼들은 비로소 완전하게 성장했다. 이제 삼엄한 성년식을 치른 새끼두꺼비들이 하산하기 시작했다. 오를 때 보이지 않던 것들이 새끼들의 눈에 보였다. 새끼들은 하산

이후 뿔뿔이 흩어져 각자 이리저리 부딪치며 홀로 살아가야 한다. 그리고 이 가족은 어미가 죽을 때 단 한 번만 다시 모일 것이다.

나는 지금 해발 몇 미터쯤 오르고 있는가?

새는 바람이
강하게 불 때
집을 짓는다

어릴 때 우리 집 사립문 옆에는 큰 감나무가 있었다. 난 아침마다 마당에 떨어진 달콤한 감꽃들을 주워 먹었다. 늦가을이 되자 감나무 가지에 새들이 마른 나뭇가지와 지푸라기들을 부지런히 물고 와 둥지를 지었다. 둥지가 완성되자 새들은 푸른 잎을 몇 개 물고 와 둥지 안에 넣었다. 푸른 잎들이 살균작용과 공기청정기 역할을 한다는 것은 어른이 되어서야 알았다.

그런데 어린 내가 보기에도 이상한 게 하나 있었다. 바로 새가 둥지를 지을 때의 날씨였다. 새들은 고요한 날이 아니라 꼭 바람 부는 날에만 집을 지었기 때문이다. 그것도 하필 강풍이 불 때마다 휘청거리는 나무 위에서 마른 나뭇가지와 지푸라기들을 얼기설기 엮어나갔다. 그러니 내 눈에 새들이 얼마나 불안해 보였겠는가. 난 새들이 너무 바보 같아서 아버지한테 물었다.

"아빠, 저 새들 진짜 멍청해요!"
"왜?"
"하필 바람이 세게 불 때만 힘들게 집을 짓잖아요."
"넌 새대가리보다도 머리가 더 나쁘구나."
"아 참, 내가 아빠 아들인데 머리가 나쁘면……."
"으이구 요 녀석이 하하……. 새가 바람이 세게 불 때 집을 짓는 건 강풍이 불어도 집이 무너지지 않도록 미리 대비하는 일이고 집을 더욱 튼튼하게 짓기 위해서 그런 거야."

그제야 비밀을 좀 알 것 같았다. 말하자면 강풍이 나무를 흔들 때 끄떡없이 지어야 나중에 바람이 세게 불어도 둥지가 안전하다는 것이다. 그러니까 바람의 강도를 직접 확인해가며 짓는 것은 건축가가 지진을 대비하여 건물에 내진설계 기술을 입히는 것과 똑같다는 말이다.

가끔 바람이 세게 불어 나뭇가지가 휘어도 새들이 그 위에 꼼짝 않고 앉아 있는 모습을 볼 수 있다. 일정하게 휜 나뭇가지가 다시 원래대로 돌아온다는 사실을 평소 터득했기에 가능한 일이고, 새들은 이를 집짓기에도 응용했을 것이다. 동화《오즈의 마법사》의 주인공 도로시가 강풍이 불 때마다 꿈을 꾸는 것도 꿈의 둥지가 쉽게 무너지지 않기를 바라는 마음 때문이었는지도 모른다. 아무튼 난 어린 시절 새들이 둥지를 짓는 모습을 본 후로 새대가리란 말을 머리가 나쁘다는 의미로는 절대 쓰지 않는다.

새의
부화

숲속을 산책하다가 가끔 새가 알을 품고 있는 모습을 본다. 뜨거운 오후에는 알을 품지 않고 일어나 양산처럼 날개를 넓게 펼친 채 햇빛을 가려 그늘을 만들어준다. 새는 저녁이 되면 앉아서 따뜻한 체온으로 알을 품는다. 비가 올 때나 바람 불 때도 꼼짝없이 앉아 있다. 그렇게 3~4주가 지나면 마침내 새끼가 알을 깨고 나온다. 알을 깨트리기 위해 새끼는 안에서 부리로 껍데기를 쪼아야 하고 어미도 밖에서 같이 껍데기를 쪼아야 한다. 새끼가 부리로 톡톡 쪼는 지점을 어미도 부리로 함께 쪼는 것이다.

그런데 중요한 것이 하나 있다. 외부에 있는 어미가 먼저 껍데기를 쪼는 게 아니라 내부의 새끼가 먼저 쪼아야 한다는 점이다. 실제로 자세히 관찰하면 알 속의 새끼가 부리로 쪼는 소리를 알 밖의 어미가 듣고 그 부위를 정확히 찾아서 쪼는 것을 알 수 있다.

새의 부화에서 보듯 하나의 세계가 단단한 껍데기를 깨고 나오려면 자신이 안에서 먼저 깨트려야 한다. 본인을 둘러싼 껍데기를 힘껏 쪼아야 밖에서도 함께 쪼아준다. 나를 둘러싸고 있는 것들은 모두 껍데기다. 하나의 껍데기를 깨면 날아오르기도 전에 또 다른 껍데기가 금방 나를 둘러싼다. 나는 힘들고 지친 나머지 튼튼한 날개가 없는 것을 탓하기도 한다. 그러나 날개는 새끼가 부리로 껍데기를 먼저 쪼듯 내 안에서 돋아나는 것이지 누가 밖에서 선물처럼 달아주는 것이 아니다.

한 달 뒤 그 산책로에 새는 보이지 않고 알 껍데기가 조금씩 열리는 환청만 들렸다. 어둠 속에서 세상을 향해 두드리는 간절하고 장엄한 소리였다.

숨은

꽃

40대 후반의 J 변호사는 어느 날 지인의 장례식장 문상을 마치고 나오다가 다른 빈소에서 유치원생 같은 아이의 영정사진을 보았다. 조문객은 아무도 없었고 아이의 부모 같은 젊은 부부만 상복을 입은 두 개의 섬처럼 적막하게 앉아 있었다. J 변호사는 조용히 빈소에 들어가 아이의 영정에 분향하고 절을 한 뒤 상주인 부모에게 말했다.

"잘 모르지만, 지나다가 너무 가슴 아프고 안타까워 아이의 명복이라도 빌어주려고 들어왔습니다."

50대 중반의 프리랜서 K는 어느 날 자기 아내가 갑자기 긴 머리카락을 싹둑 잘라버려서 깜짝 놀랐다. 아내는 친구가 항암치료 때문에 삭발한 다음 창피해서 외출을 못 하고 집에만 틀어박혀 있자 '머리를 민 사람이 혼자 있으면 그 사람만 주목받지만 두 사람이 같이 있으면 관심의 대상이 되지 않는다.'며 자신의 긴 머리카락을 친구처럼 자르고 빡빡 깎아버린 것이다. 두 사람은 그 뒤로 길거리든 백화점이든 늘 함께 다녔다. 아내가 비구니가 되는 줄 알고 매일 좌불안석이었던 K는 비로소 안도의 한숨을 쉬었다.

50대 중반의 중견 출판사 H 대표는 어느 날 골목에서 남루한 행색의 사내와 마주쳤다. '걸인' 같은 사내에게 지폐를 꺼내 적선하려던 H 대표는 순간 멈칫했다. 그는 돈을 불쑥 내미는 행위가 인간에 대한 예의가 아니라는 생각 때문에 잠시 고민하다가 사내의 등을 향해 말했다.

"아저씨, 이거 흘리고 가셨어요."

그러고는 바닥에 떨어진 돈을 주워 주인에게 돌려주는 척하며 적선했다.

마치 톨스토이의 소설 《사람은 무엇으로 사는가》의 한 장면처럼 나를 부끄럽게 만드는 이 세 사람의 따뜻한 일화는 우리 주변에 흔할 것 같으면서도 결코 흔하지 않은 얘기들이다. 생면부지의 빈소에 분향하고 헌화했다는 얘기를 아직 들어본 적 없고, 암 투병 중인 친구를 위해 똑같이 삭발했다는 얘기를 들어본 적 없다. 적선은 하되 걸인을 돈의 주인으로 만들어 명분을 세워주고 자존심을 배려하는 방법까지 고민했다는 얘기 또한 아직 들어본 적이 없다.

요즘처럼 '공감'과 '배려'를 크게 강조하는 시대도 드물다. 그러나 대부분 먼발치에서 잠시 눈물짓고 짧은 시간 슬퍼하는 것으로 공감과 배려를 '소비해버린다.' 커피를 마시는 게 아니라 커피 브랜드를 마시는 것과 같다. 공감과 배려는 브랜드가 아니다. 소비도 아니다. 값싼 동정은 더욱 아니다. 그 것은 작은 감동의 생산이고 그 생산이 모여 감동의 연대를 이룬다.

아이의 엄마는 낯선 조문객의 존재만으로도 세상이 따뜻

했을 것이고, 암 투병 중인 환자는 삭발한 친구의 존재만으로도 이미 절반은 나았을 것이다. 걸인은 일부러 자신의 '떨어진 자존감'을 세워준 것만으로도 긴 터널 같은 일상에 잠시나마 환한 빛 같은 위안을 얻었을 것이다.

내 가슴에 뜨거운 불꽃이 이는 것은 영화 속의 거창한 영웅담이 아니라 이처럼 숨어 있는 꽃들의 작은 감동들 때문이다. 이 세 사람의 인품과 마음이 진짜배기 공감이자 배려의 씨앗이다. 그 씨앗이 자라 아름다운 꽃을 피우고 풍성한 열매를 맺는다. 그리고 다시 봄이 온다.

"시간이 걸려"

세계적인 지휘자 정명훈은 자신만의 고유한 길을 찾는 게 얼마나 어렵고 오랜 세월이 걸리는지 고백한 적이 있다. 그는 아직도 지휘봉을 움직이는 게 어색하고, 공연 때마다 실수로 템포가 빨라지거나 느려지는 일이 없도록 해달라고 신에게 기도한다고 밝혔다. 지휘란 것은 비즈니스처럼 특별한 비결이 있는 게 아니어서 설사 로린 마젤Lorin Maazel 같은 대가가 딱딱 짚어줘도 안 된다고 하니 자신만의 길을 찾는 게 얼마나 어려운 일인지 짐작된다.

정명훈 지휘자가 줄리아드 음대에 유학 가서 공부할 때다. 수줍음을 많이 탄 그는 1년간 말을 하지 않고 지내다가 어느 날 큰 용기를 내서 교수에게 물었다.

"지휘를 잘하고 싶지만 잘 안 되는데 어떻게 하면……."
"It takes time(시간이 걸려)."

교수가 짧게 대답했다. 그뿐이었다. 자신만의 스타일을 찾으려면 시간이 걸린다는 얘기다. 지휘자들 사이에는 제대로 지휘하려면 나이가 최소 60은 되어야 한다는 말도 있다. 물론 나이만 먹는다고 모두 저절로 훌륭해지는 것은 아니다. 모든 예술이 그렇듯 도끼가 바늘이 될 때까지 미련스럽게 바위에 갈고 또 갈다 보면 어느 순간 벼락이라도 쳐서 화두의 정수리를 쪼갤 것이다. 그런데 벼락도 산꼭대기에 올라가야 맞을 확률이 높다.

3부

아이는 한 번 죽지만
엄마는 수백 번 죽는다

'갑자기'라는

표현

어느 깊은 산사에 돌계단이 있었다. 돌계단은 언제나 자신의 처지가 불만이었다. 하루는 돌계단이 잔뜩 불만스러운 목소리로 법당 앞의 돌탑을 불렀다.

"이보시오, 돌탑 양반! 우리 둘은 똑같이 돌로 만들어졌는데 누구는 매일 발에 밟히고 누구는 높은 자리에 앉아 공양을 받다니, 이거 너무 불공평하지 않소?"

그러자 돌탑이 점잖게 말했다.

"당신은 고작 몇 번 정을 맞고 돌계단이 되었지만 난 수백, 수천 번 정을 맞아 깨지고 깎인 후에야 지금의 모양이 되었소."

고통 없이 갑자기 이루어지는 것은 아무것도 없다. 풀 한 포기 꽃 한 송이도 열매를 맺기까지 긴 인내의 시간이 필요하다. 한겨울 혹한을 이기고 땅속 깊이 뿌리를 내려 물을 끌어 올리는 처절한 사투의 과정을 거쳐야만 한다.

아름다운 보석을 낳는 진주조개 역시 그렇다. 진주를 얻기 위해서는 조개 안에 조개껍데기를 넣어야 한다. 다른 조개에서 근육질의 막을 잘라낸 뒤 조개 속에 그 껍데기 조각을 넣는 것이다. 이물질이 침투하면 조개는 고통으로 분비물을 짜내 그 조각을 감싸 안는다. 그런 고통의 과정을 통해 탄생한 것이 바로 '진주'다. 진주가 '조개의 눈물'이란 표현은 그냥 생긴 말이 아니다.

진부한 말이지만 성장통 없는 성장이란 존재하지 않는다. 아픈 만큼 성숙해지는 법이다. 자연이나 사람의 아주 사소한 변화에도 그만한 아픔이 따른다. 그것이 돌계단과 돌탑이 서로 다른 이유이고 또 그들 각각의 존재 이유이기도 하다. 그래서 우리는 '갑자기'라는 표현을 함부로 써서는 안 된다.

강의

인권

사람만 사람답게 살 권리가 있는 게 아니다. 강도 맑게 흐르고 아름답게 살 권리가 있다. 강 속에 얼마나 많은 생명이 숨 쉬고 있는가.

몇 년 전, 많은 여행객들로 강산이 오염된 뉴질랜드에서는 세계 최초로 강에게 '인간의 지위'를 부여했다. 원주민 마오리족이 신성시하는 북섬의 황거누이강에 인간과 동등한 법적 권리와 책임을 주는 '강의 권리에 대한 법률'이 만들어졌다. 누구든 그 강을 더럽히거나 해치는 등 폭력을 행사하면 사람에게 폭력을 행사했을 때처럼 '강권법'에 의해 처벌을 받는다. 마오리족은 이미 160년 전부터 강도 사람과 똑같은 인격체로 대우하라고 정부에 호소해왔다. 그것이 마침내 이루어진 것이다. 마오리족 공동체는 지금도 황거누이강을 '코 아우 테 아우아, 코 테 아우아 코 아우'라고 부른다. '나는 강, 강은 나'라는 뜻이다. 인디언들이 나무나 바위, 구름, 바람 같은 자연을 자신의 살과 영혼으로 생각하듯 마오리족도 자신과 강을 한 형제로 본다. 자연을 대하는 그들의 마음처럼 얼마 전 인도에서도 갠지스강에 인권을 부여하는 법을 만들었다.

이들의 법대로 하면 우리나라 아름다운 4대강에 국민 세금 22조 원을 쏟아부어 16개의 댐을 세운 후 물을 썩게 만든 주범은 어떻게 될까. 해마다 유지보수 관리비만 5천억 원에 이르는 등 천문학적인 혈세를 낭비하게 만든 주범은 4대강 폭행죄와 살인죄로 최소 사형에다가 다시 무덤을 파헤치는 부관참시를 당해도 모자랄 것이다. 또 앞장서서 국민과 강을 기만하고 모독한 학자와 교수, 국회의원, 공무원, 건설 재벌, 방송언론 등의 공범들도 감옥에서 평생 무기수로 4대강 녹조라떼를 마시며 썩어야 할 것이다.

국가의

수 치

한국은 세월호 선장을 가장 먼저 구했고 태국은 동굴 속 축구 코치를 가장 늦게 구했다. 구출된 세월호 선장은 아이들이 죽어가는 시간에 따뜻한 방 안에서 바닷물에 젖은 돈을 말렸고, 태국의 25살 코치는 자신은 굶어가면서 아이들에게 음식을 모두 나눠주었다. 하나는 국가의 품격을 전원 구조했고, 하나는 국가의 품격을 전원 몰살하며 국가의 수치를 만천하에 드러냈다. 우리는 아직 이 정도밖에 되지 않는다. 위급상황에 가만히 있을수록 국가의 수치羞恥는 수치가 높아진다.

그리고 서로

괴물이 된다

- 불편한 과거사

2차대전 때 독일에 5년간 점령당한 덴마크는 해방이 되자 즐거울 새도 없이 큰 고민에 빠졌다. 나치가 덴마크 해변에 묻은 220만 개의 지뢰를 과연 누가 위험을 무릅쓰고 제거하느냐는 문제 때문이었다. 나라가 쫄딱 망한 독일은 그럴 능력도 그럴 경황도 없었다. 한동안 서로 눈치를 보는데 영국군이 솔깃한 제안을 했다. 독일군 포로들에게 제거 작업을 시키자는 것이었다. 제네바협정에 있는 전쟁포로와 관련된 조항을 위반하는 일이었지만 모두 눈감았다.

약 3,000명의 포로들을 사지로 몰아넣었다. 대부분 소년

병과 노인병, 그리고 부상병이었다. 나치는 전쟁 막바지에 13살짜리 아이들까지 대거 징집했다.

긴 해안 곳곳에서 어린 소년병들이 지뢰 제거 작업을 했다. 총기 사용법도 서툰 아이들이 정교한 지뢰 제거를 시작하는 건 곧 자폭이나 다름없었다. 겁먹고 도망가는 병사들은 그대로 총살이었다. 곳곳에서 지뢰가 터져 울부짖는 처참한 비명이 들리고 팔다리가 날아갔지만 바다는 잔잔하기만 했다.

지뢰는 눈에 보이지 않고 땅속에 숨어 있어서 적군보다 더 두려운 존재였다. 덴마크 입장에서는 이 작업이 다행히 무사고로 성공하면 지뢰는 제거되고, 설사 인명 피해가 일어나도 함께 폭사해버리니 역시 지뢰를 제거하는 본래 목적은 달성된다. 덴마크는 독일의 노인과 소년 포로들을 자살폭탄 부대로 만들었다.

폭행과 굶주림, 그리고 공포감 때문에 자살하는 병사들이 늘어났다. 전쟁은 이미 끝났지만 해변의 포로들에게는 다시 새로운 전쟁이 시작되고 있었다. 참혹한 일이 발생하는 중이었지만 아무도 보지 않고 아무도 듣지 않았다. 바다는 다 보고 다 듣고 있었지만, 여전히 침묵할 뿐이었다.

덴마크는 2012년이 되어서야 비로소 '지뢰 없는 나라'가 되었다. 지뢰로 인한 사상자가 전쟁 사상자보다도 더 많았다. 종전 후 평화로울 때에 어리고 병든 포로들을 사지로 몰아넣은 일은 나치가 저지른 만행 못지않게 잔인했다. 그래서 이 지뢰 제거 사건을 다룬 영화 〈랜드 오브 마인〉이 개봉하자 덴마크 국민들이 '불편한 진실'을 마주하며 그토록 당혹스러워했는지도 모른다. 선진 복지국가 덴마크는 이런 추악한 과거사를 오랫동안 감춰왔다.

사과받는 것만 능사가 아니다. 남의 허물 열 개보다 내 허물 하나가 삶의 벼랑을 만든다. 이쪽 인간의 벼랑 끝과 저쪽 인간의 벼랑 끝이 마주 본다. 그리고 서로 괴물이 된다.

영혼의

토지

겨울이 가고 봄이 오면 꽃 필수록 아프다. 29살에 먼저 떠난 친구, 기형도 시인의 기일이 다가오고 또 그의 시 〈엄마생각〉에 내 마음이 젖고 애잔해지는 탓이다.

내가 '한라산 필화사건'으로 수배 중일 때도 우리는 은밀히 만나 박상륭의 도저한 소설 세계를 얘기했고 내가 구속되었을 때도 그는 안양교도소로 나를 면회 와 박경리의 대하소설 《토지》한 질을 넣어주었다. 책을 전부 바닥에 펼쳐놓자 폭염속 0.7평의 작은 독방이 토지로 변했다. 나는 그 광활한 토지에 씨를 뿌리고 열매를 거두며 내 안의 잡초들을 솎아냈다.

겨울의 못다 꿰맨 상처처럼 눈 내리는 3월, 형도의 유고 시집 《입 속의 검은 잎》을 슬그머니 펼쳐 본다.

나를

밟고

가라

《친일문학론》과 《일제침략과 친일파》 등의 저자인 임종국 선생이 젊었을 때의 일이다. 어느 날 일제강점기의 신문을 뒤지다가 거기서 뜻밖에 부친의 이름을 발견했다. 임종국 선생은 큰 충격에 빠졌다.

강연대조직 순회 강연
천도교 청년당 결의 초비상시국 강연

신문 기사 제목이었다. 이 시국 강연의 사회자이자 천도교

당수 임문호는 바로 그의 친아버지였다. 며칠 동안 고심하던 그는 마침내 아버지 앞에 무릎을 꿇었다.

"제가 친일파에 관한 책을 쓰려고 옛날 부역 자료들을 찾다가 아버지 이름이 나온 신문 기사를 봤어요……."

"……."

"아버지 이름을…… 뺄까요?"

고개를 숙인 채 오랫동안 침묵하던 아버지가 아들 앞에 조용히 무릎을 꿇고 대답했다.

"종국아……. 나를 밟고 가라. 내 이름이 빠지면…… 그 책은 죽은 책이다."

임종국 선생은 30살 때 문예지 《문학예술》에 시로 등단했다. 그는 《60년대 사화집》 동인으로 활동하기까지 한 유망한 시인이었다. 또 《이상전집》을 엮어낼 만큼 시인 이상에게 매료되기도 했다.

그런데 그가 37살 때 《친일문학론》이란 책을 내자 세상은 그를 외면했고, 문단마저도 내부고발자 보듯 차갑게 돌아섰다. 임종국 선생은 위선적이고 기만적인 작가들에게 환멸을 느꼈다.

그는 시인의 길을 버렸다.

'시인의 경지에 이른 과학자상'

언뜻 모순형용처럼 보이지만 실제로 미국에 이런 상이 있다. 과학 분야에서 문장력이 탁월한 저자에게 주는 상이다. 오래되었고 전통적인 상이자 노벨상 수상자도 4명이나 받은 상이다.

아는 것을 표현하는 힘이 중요하다는 사실을 알고 있는 미국의 대학들은 글쓰기 교육을 기본으로 한다. 그리스 로마 시대의 필수과목도 문장수사학이었다. '글쓰기'는 기술이 아니라 생각의 근육을 키우는 일이다. 생각하는 힘을 키워야 바라보는 눈의 깊이와 받아들이는 마음의 넓이가 생긴다. 많은 인문철학서가 말해주듯 현실을 꿰뚫는 통찰과 깊은 성찰의 힘은 글쓰기에서 출발한다. 글쓰기를 통해 숙성된 깊이 있는 사유에서 비롯되는 것이다.

하버드를 비롯한 미국 명문대 학생들은 학기당 여러 편의 에세이를 쓰고 또 교수가 일일이 첨삭지도를 한다. 에세이는 미국 의대 시험에서도 중요한 부분을 차지한다. 미국 사회를 주름잡는 리더들은 사회적 성공 요인으로 대부분 글쓰기를 꼽았다. 그들은 여러 능력 가운데 하나만 선택할 경우에도 역시 글쓰기를 꼽았다.

물론 초고속으로 진화하는 '신인류 시대'인만큼 앞으로는 글쓰기도 AI가 대필할 게 분명하고, 현생인류 본인이 직접 쓸 경우에도 차기 신인류인 AI에게 첨삭지도를 받을 것이다. 또 장기적으로는 AI의 작품이 노벨문학상까지 수상하는 날이 올 수도 있다.

한국에서도 최근 들어 글쓰기 교육을 강조하고 있지만 여전히 미흡한 실정이다. 생각의 근육을 키우는 게 아니라 겉핥기식의 기술만 번식하고 있다. 오늘, 어느 석좌교수가 쓴 과학책을 읽다가 혈압이 올라 곤욕을 치렀다. 조악한 비문의 장례 행렬이 이어졌고 나는 조용히 책을 쓰레기통으로 운구했다. 비록 AI의 '문장교본'이 나오기 전이긴 하지만 '시인의 경지에 이른 과학자상'이 유난히 부러운 하루다.

내 집의 문을

두드리는

이에게

박토르 위고의 소설《레 미제라블》에는 미리엘 주교가 앵벌이 같은 장발장이 불쑥 찾아오자 아무 망설임 없이 문을 열어주는 장면이 나온다.

뜻밖의 환대에 놀라는 장발장에게 주교가 말한다.

"당신이 누구인지 나한테 말하지 않아도 좋소. 내 집의 문을 두드리는 이에게는 누군지 묻지 않고 단지 얼마나 아프고 배고 픈지만 물을 뿐이오."

이 명장면 명대사가 '세계 난민의 날' 같은 때만 떠오른다면 그만큼 '난민'이라는 말이 본인의 삶 속에서 강 건너에 있다는 얘기다. '난민' 하면 뉴스 속의 중동이나 유럽의 난민촌이 먼저 떠오른다.

20여 년 전부터 우리나라에도 전쟁과 박해를 피한 수만 명의 외국 난민들이 찾아와 난민 신청을 하기 시작했다. 그러나 실제 난민으로 인정받은 사람은 600여 명뿐이다. 몇 해 전 제주도에 온 예멘의 많은 난민신청자 중 실제로 허가받은 난민 인정자는 얼마 되지 않는다.

현재 전 세계 난민인정률이 평균 38퍼센트인데 한국은 3퍼센트밖에 되지 않는다. 앞으로는 귀가 따갑게 약자들의 인권을 외치면서 뒤로는 난민이라는 최약체의 사람들을 반려견만큼도 취급하지 않는다. 한국은 인권단체가 많다. 그만큼 인권 후진국이라는 얘기다. 부끄러운 일이다. 난민은 '잠재적 위험분자'란 편견 탓에 경멸받고 자가 격리된다. 인종주의와 외국인 혐오도 만만찮다. 미국인이나 유럽 잘 알려진 나라의 백인들에게는 비교적 따뜻하지만 아프리카나 동남아시아 외국인들을 보는 눈빛은 유독 사납다. 차라리 불쌍하다는 시선이 자애로울 정도다.

　모든 사람은 박해를 피해 다른 나라에 피난처를 구하고 그곳
에 망명할 권리가 있다.

이 세계인권선언 14조가 가장 지켜지지 않는 나라가 한국
이다. 만약 한국에서 전쟁이 자주 일어나고 도시의 광장과
건물에서 수시로 폭탄테러가 발생한다면 안전한 외국으로
피신할 국민들이 적지 않을 것이다.

　살겠다고 국경을 넘는 순간 난민이자 조난자가 된다. 인권
은 푹신한 의자에 안락하게 앉아 있는 게 아니라 위험과 불
이익을 감수하는 난간에 걸쳐 있다. 거듭 강조하지만 인권은
허가받는 게 아니라 존중받는 것이다.

두 개의

학생증

엄마, 아빠 사랑해요.

내 동생 어떡하지?

내 동생,

절대 수학여행 가지 말라고 해야겠다.

세월호에서 숨진 단원고 김동혁 학생의 마지막 휴대폰 메시지다. 두 살 아래인 여동생 김예원 학생은 오빠 대신 졸업하기 위해 일부러 단원고에 입학했다. 그러고는 언제나 자기 학생증과 오빠의 것까지 두 개의 학생증을 목에 걸고 다녔

다. 부모님은 죽은 아들이 다닌 학교에 다시 딸까지 다니게
할 수 없다며 강하게 반대했지만 딸의 뜻을 꺾을 수 없었다.

　어린 중학생인데도 바람에 맞서는 들풀처럼 아픈 상처를
회피하지 않고 정면으로 보는 자세에 내 마음이 서늘해진다.
　"언제 가만히 있어야 하고, 언제 나서야 하는지를 똑바로
알려주는 어른이 되겠다." 는 김예원 학생의 말에 다시 가슴
이 저민다.

　한 시간 만에 가라앉았던 배가 3년이나 걸려서 물 위로 떠
올랐지만 여전히 진실은 인양되지 않았다.

두 눈을 가린

'정의의 여신상'

우리나라 대법원과 대한변호사협회 건물 앞에는 그리스 신화의 '정의의 여신' 디케를 98퍼센트 표절한 '정의의 여신상'이 있다. 2퍼센트를 뺀 이유는 그리스의 디케는 양손에 칼과 저울을 들고 두 눈을 안대로 가렸는데 서초동의 디케는 칼 대신 법전을 들고 있고 또 안대로 눈을 가리지 않았기 때문이다.

이 글을 쓰기 전에 서초동 대법원에 전화해 물었다.

"그리스 신화에 정의의 여신으로 나오는 디케는 칼과 저울

을 손에 들고 눈을 안대로 가렸는데 왜 우리나라 정의의 여
신상은 두 눈을 안 가리고 시퍼렇게 뜨고 있나요?"

"아, 여신 정도의 클라스면 군이 눈을 안 가려도 훤히 보고
도 남을 텐데 뭐하러 가리겠어요."

대답이 너무 어이가 없어서 꼭지를 죽이고 점잖게 빈정댔다.

"허허. 그 정도 신통한 여신이면 군이 심판할 필요도 없이
누가 죄인인지 뻔히 알 텐데 뭐하러 저울과 법전을 들고 있
나요? 팔만 아프게……."

"……."

만인은 법 앞에 평등하지만, 법은 과연 만인 앞에 평등한
가. 죄와 벌의 경중을 다루는 저울의 눈금은 그 무게만큼만
움직인다. 그리고 편견 없는 공정한 판단을 위해 안대로 두
눈을 가리는 것이다. '유전무죄 무전유죄'의 절규가 아직도
생생하다.

이제 국민들은 그리스 신화 속 정의의 여신 디케가 검찰청
이마에 세워지기를 기대한다. 안대로 두 눈을 가린 채…….

신은
어디에
있느냐?

이른 아침에 목에 밧줄이 걸린 세 사람의 교수형이 집행되었다. 두 명은 곧 축 늘어져 숨졌고 몸이 가벼운 어린 소년 하나는 밧줄에 매달린 채 30분이 지나도록 버둥거리며 몸부림을 쳤다. 누군가가 도대체 '신은 어디에 있느냐?'며 탄식했다. 두려운 눈빛으로 모든 걸 지켜보던 어린 위젤도 마음속으로 외쳤다.

"신이 어디에 있느냐고? 바로 저 교수대에 매달려 있지."

– 엘리 위젤Elie Wiesel 저, 김하락 역, 《나이트》, 예담

노벨평화상을 받고 지금은 타계한 루마니아 작가 엘리 위

젤의 자전적 소설 《나이트》에 나오는 교수형 장면이다. 위젤은 15살 때 가족과 함께 아우슈비츠 강제수용소로 끌려갔다. 어머니와 여동생은 가스실에서 처형되었고 아버지도 병사했지만 위젤은 구사일생으로 살아남았다.

역시 루마니아인인 작가 게오르규Gheorghiu는 신도 해결할 수 없는 시간을 '25시'라고 했다. 24시가 최후의 시간이라면 25시는 최후의 시간에서 한 시간이나 더 지나버린 시간이다. 어쩌면 엘리 위젤이 정작 묻고 싶었던 것은 "신이 어디에 있는가?"가 아니라 "인간은 어디에 있는가?"였을지도 모른다. 그리고 그 물음에 우리는 모두 대답할 의무가 있다.

"어제 침묵한 자는 내일도 침묵한다."라는 그의 말이 다시 목에 가시처럼 박힌다.

점

그의 고향은 지금도 '전국 오지 기행' 책에 나오는 시골이다. 초등학교 1학년의 어느 날이었다. 예쁜 담임선생님이 칠판에 분필로 마침표 같은 하얀 점을 하나 딱, 찍더니 학생들에게 물었다.

"이기 뭐꼬?"

검정고무신을 신은 코흘리개 아이들이 너도나도 손을 들며 소리쳤다.

"물방울!" "흰 눈!" "찔레꽃!" "쌀!" "달걀!" "보름달!" "눈깔

사탕!"

"벼꽃!" "엄마 젖!" "이모 젖!" "찐빵!" "아침이슬!" "반딧불!"
"별!"

40년 후, 그 초등학교 교실에서 동창회가 열렸다. 그는 담
임선생님처럼 칠판에 점을 하나 딱, 찍고 친구들에게 물었다.

"이기 뭐꼬?"

이젠 구두를 신고 머리가 희끗희끗한 아저씨, 아줌마가 된
동기들이 열심히 풀 뜯다 뱀을 발견한 염소처럼 당황하다가
그를 타박했다.

"저노마가 시인이라고 잠도 안 잔다 캐샀더니 영 미쳐버렸
구마."

"그러게! 야, 이 바보 시인아, 그거 점 아이가 쩜!"

물방울과 눈과 쌀과 별과 보름달을 외치던 아이들의 반짝
이는 눈은 온데간데없이 사라졌다. 그 모든 아름다운 것들은

아이들이 어른이 되자 모두 '점'이라는 문장부호로 통일되어 버렸다. 세상을 괄호 속에 가두는 제도교육이 상상력에 마침표를 찍었다. 하물며 괄호를 부수는 시인인 그도 시의 마지막에는 점을 찍는다. 점 하나로 마침표를 찍는다고 해서 모든 게 완성되는 것은 아니다. 더 늦기 전에 문명의 점들을 야생의 벌판으로 돌려보내야 한다.

라면을 훔친 죄와

나라를 훔친 죄

    몇 년 전 한 판사가 김기춘 전 청와대 비서실장에게는 징역 3년, 조윤선 전 문화체육관광부 장관에게는 징역 1년에 집행유예 2년을 선고했다. 그는 몇 년 전 분식점에 몰래 들어가 라면을 훔친 사람에게 징역 3년 6개월을 선고한 판사였다. 조윤선 장관은 위증죄만 인정, 블랙리스트 사건은 무죄 판결을 받아 석방되었다.

    수많은 예술가들의 이마에 붉은 압류딱지를 붙여 예술활동은 물론 생계까지 차단한 블랙리스트의 주범이 라면 10개를 훔친 죄보다도 가벼운 처벌을 받은 것이다. 나도 블랙리스트 당사자이지만 아무래도 법원의 저울이 고장 난 게 틀림없다.

　이제 국민들은 라면을 먹을 때마다 나라는 훔쳐도 라면은 절대 훔치면 안 된다는 것을 명심할 것이다.

생각하지 않은 죄

– 아돌프 아이히만에게

바람이 평원을 가로질러 자유로이 불어오고

거센 파도가 끊임없이 해변으로 몰아친다.

인간은 땅을 비옥하게 만들고

땅은 그에게 꽃과 열매를 선사한다.

인간은 고된 노동과 기쁨 속에 살아가고

희망과 공포 속에서도 고귀한 자손들을 남긴다.

그런데 어느 날 우리의 저승사자인 그대가 나타났고

짐승처럼 우리들은 죽음의 쇠사슬에 묶여버렸다.

우리가 만난다면 그대는 과연 무슨 말을 할 수 있겠는가?

여전히 신에게 하소연이라도 하겠는가?

그럼 어느 신에게 말인가?

또 기꺼이 무덤에라도 뛰어들 것인가?

아니면 오히려 미완성의 작품을 아쉬워하는 예술가들처럼

아직 살아 있는 1300만의 생명에 대해 통탄이라도 할텐가?

오— 죽음의 화신이여

우리는 그대에게 결코 한순간의 죽음을 바라지 않으며

그 어느 누구보다도 오랫동안 장수하기를 바란다.

단지 500만 년 동안만 불면으로 살아가기를 바랄 뿐이다.

그리고 가스실에서 숨져간 모든 이들의 신음과 비명소리가

매일 밤 그대를 방문해 강한 위로를 해주기를 바랄 뿐이다.

　- 프리모 레비Primo Levi, 〈생각하지 않은 죄〉

　이 시는 프리모 레비의 시집 《살아남은 자의 아픔》에 실렸다. 아돌프 아이히만Adolf Eichmann은 제2차 세계대전 당시 나치의 유대인 대학살 총책임자였다가 종전 후 1급 국제 전범으로 수배되자 아르헨티나로 도피했다. 그러나 이스라엘 정보기관 모사드Mossad의 15년에 걸친 끈질긴 추적으로

1960년 마침내 체포되었다. 그는 예루살렘 나치 전범 재판에서 사형선고를 받고 1962년에 처형되었다.

법정 최후진술에서 아이히만은 말했다.

"나는 단지 명령을 따랐을 뿐이며, 저 신 앞에서는 유죄지만 이 법 앞에서는 무죄다."

그러자 검사가 사형을 구형하며 이렇게 말했다.

"의심하지 않은 죄, 생각하지 않은 죄, 그리고 행동하지 않은 죄…… 그것이 피고의 진짜 죄다."

미국 《뉴요크》지의 특파원으로 이 재판을 참관한 정치철학자 한나 아렌트Hannah Arendt는 이렇게 말했다.

"자기 생각 없이 남의 생각대로 산 것과 타인의 고통에 대해 무관심한 것이 가장 큰 죄다."

이날, 프리모 레비는 아이히만의 재판에 참관하려다 끝내 가지 않고, 혼자 조용히 이 시를 썼다.

아이는 한 번 죽지만
엄마는 수백 번 죽는다

- 세월호 희생자 이혜경 학생의 엄마 유인애 씨의 시집

밀려오는 공포

참혹한 고통에 맞서 사투를 벌인 촌각

엄마인데도 난 아무것도 해준 것이 없다.

대신 아파해주지도 않았다.

얼마나 힘들었을까.

그날 그 안을 찾는다.

마음은 전광석화

수십 번을 그날로 날아가 딸을 구출해온다.

- 유인애, 《너에게 그리움을 보낸다》 중에서, 굿플러스북

촛불로 밝혀진 서울시청 광장에 거대한 고래가 지나갈 때 지하 갤러리에서는 세월호 엄마들이 뜨개질을 하고 있었다. 내 눈에는 고래 속에 상처받은 304명의 아이들이 타고 있는 것처럼 보였고, 세월호 엄마들의 바늘이 아이들의 찢어진 영혼과 자신들의 부서진 마음을 한 땀씩 꿰매고 있는 것처럼 보였다. 실타래는 아이들의 심장이다. 그 실타래에서 한없이 풀려나오는 실은 엄마들의 하염없는 그리움이다. 그 그리움의 실을 타고 엄마들은 오늘도 아이들 곁으로 간다.

이 시집 역시 펜으로 뜬 뜨개질이다. 펜은 뾰족하고 실타래는 둥글다. 엄마의 손끝이 뾰족한 것을 둥글게 다듬는다. 상처받아 뾰족했던 아이들의 영혼이 엄마의 손끝에서 마침내 둥근 무지개로 떠오른다. 그러기까지 엄마들은 수백 번도 더 피를 토하며 혼절을 거듭했을 것이다.

단원고 2학년 2반 이혜경 학생.

그 엄마 유인애 씨가 피눈물로 쓴 이 시집에서는 칼로 천천히 살점을 도려내고 천천히 뼈를 긁는 소리가 들린다. 아이는 한 번 죽지만 엄마는 수백 번 죽는다. 그래서 흔히 자식을 먼저 보내는 슬픔을 '참척'이라 한다.

하지만 세월호의 경우는 그 참척의 고통 이상이다.

내 자식이 내 눈앞에서 죽어가는 것.

물속으로 천천히 가라앉는 배와 배를 삼킨 잔잔한 바다를 속절없이 보고만 있어야 한다는 고통…….

그것은 극형을 넘어 천형일지도 모른다. 또 그런 극한의 고통을 겪은 엄마의 시집을 본다는 것은 누구든 잔잔한 일상의 크나큰 파문일지도 모른다.

머뭇머뭇 시집을 펼치자 내 피가 하늘로 올라간다. 올해도 어김없이 봄이 왔고 4월 그날도 왔다. 한 걸음 내딛기 전에 먼저 꺾이는 무릎부터 버텨내야 하는 세월이었다. 진실은 침몰했고 살 한 점, 뼈 한 조각 만져본 게 전부였다.

대통령은 탄핵되었지만 세월호는 탄핵되지 않았다. 세상은 잠시 바뀌었지만 엄마들의 세상은 잠시도 바뀌지 않았다. 하물며 아이들의 영혼은 어떠하랴. 이게 현실이다. 세상은 강자가 약해져서 바뀌는 게 아니라 약자가 강해져야 바뀐다.

하늘로 올라가는 피를 자세히 보니 그것은 내 피가 아니라 이 시집의 시들이었다.

아프리카

지도

세계지도를 보다가 아프리카 쪽에 한참 눈이 머물렀다. 곡선으로 춤추듯 그어진 다른 대륙의 국경선들과는 달리 마치 자로 그은 듯 평평한 국경선이 많았기 때문이다.

거의 200년 전부터 총칼을 든 프랑스 군대는 아프리카로 건너가 별 무기도 없는 알제리와 마다가스카르섬을 점령해 깃발을 꽂았고 독일 군대는 아름다운 사막으로 유명한 나미비아를, 영국 군대는 이집트와 남아프리카공화국을 식민지로 삼았다. 그런데 프랑스가 이미 영국이 차지한 수단까지 빼앗으려고 하자 두 나라는 수단의 파쇼다라는 곳에서 대판 싸움을 벌였다. 이게 유럽 제국주의의 '땅따먹기 싸움'인 '파쇼다 사건'이다. 그러나 전쟁 직전까지 갔던 두 나라는 프랑스가 파쇼다를 영국에 양보하는 대신 모로코 땅을 차지하는 것으로 타협했다. 그리고 유럽의 제국주의 열강들은 나머지 다른 나라들도 제멋대로 선을 그어 차지했다. 그냥 책상에 앉아 편리하게 선을 쭉쭉 그어버린 것이다.

라틴아메리카도 마찬가지다. 브라질과 베네수엘라, 콜롬비아, 페루, 볼리비아, 아르헨티나 등도 거의 수직으로 나눠졌다. 유럽 강대국들이 식민지로 삼을 때 땅을 작작 쪼개듯이 갈라버린 것이다. 미국과 소련이 그은 우리나라의 38선도 마찬가지다.

돌과 사금파리를 튕겨 땅따먹기 놀이를 했던 어린 시절이 떠오른다. 어쩌면 그때 우리는 이미 제국주의의 땅따먹기 같은 욕망에 무의식이 점령되었는지도 모른다. 그것이 일상화한 게 무한경쟁과 부동산 투기다. 강자들의 영역이 넓어질수록 약자들의 영역은 좁아지는 세상이다. 다시 보니 아프리카 지도의 반듯한 국경선들 위로 붉은 핏방울이 맺혀 있다.

류시화

시인과의

편지 대화

1. 류시화 시인에게

류시화 시인은 내 대학(경희대 국문과) 1년 선배다. 그가 먼저 문예장학생으로 들어갔고 난 그다음 해에 역시 문예장학생으로 입학했다. 우리는 이문재, 남진우, 박덕규, 하재봉 시인 등과 《시운동》 동인으로 함께 활동하며 친하게 지냈다. 당시 선배의 빼어난 시를 보는 것은 대학생활의 큰 즐거움 가운데 하나였다.

그 《시운동》 시절이 아련하고 그립다. 얼마 전, 선배가 '류시화 Shiva Ryu'라는 이름으로 페이스북에 입성했다. 많은 활동과 더불어 쾌유를 빈다.

류시화 시인의 故노무현 대통령 추모시

내가 아는 그는

내가 아는 그는

가슴에 멍 자국 같은 새 발자국 가득한 사람이어서

누구와 부딪혀도 저 혼자 피 흘리는 사람이어서….

세상 속에 벽을 쌓은 사람이 아니라

일생을 벽에 문을 낸 사람이어서

물을 마시는 것이 아니라 파도를 마시는 사람이어서

밥을 먹는 것이 아니라 밥 속의 별을 먹는 사람이어서

누구도 소유할 수 없는 지평선 같은 사람이어서

그 지평선에 뜬 저녁별 같은 사람이어서

때로 풀처럼 낮게 우는 사람이어서

고독이 저 높은 벼랑 위 눈개쑥부쟁이 닮은 사람이어서….

어제로 내리는 성긴 눈발 같은 사람이어서

만 개의 기쁨과 만 개의 슬픔

다 내려놓아서 가벼워진 사람이어서

가벼워져서 환해진 사람이어서

시들기 전에 떨어진 동백이어서

떨어져서 더 붉게 아름다운 사람이어서

죽어도 죽지 않는 노래 같은 사람이어서

– 류시화, 《나의 상처는 돌 너의 상처는 꽃》, 열림원

내가 노무현이라는 이를 처음 본 것은 오래전, 그가 종로구 국회의원에 출마했을 때였다.

저녁 무렵, 그가 선거 연설을 하기 위해 내가 사는 동네에 왔다. 그의 연설을 듣는 이는 선거운동원 몇 명을 제외하고는 나를 포함해 서너 사람에 불과했다. 그럼에도 그는 열정을 다해 연설했고, 끝난 뒤 내가 인사를 하자 반가워하며 내 시집과 번역서 《성자가 된 청소부》를 잘 읽었다고 했다. 나에게 각인된 그의 인상은 정치인이기 이전에 순수한 열혈청년의 모습이었다. 그리고 끝까지 그는 그 모습 그대로 살았다. 시집에는 밝히지 않았지만, 위의 시는 그가 세상을 떠난 뒤 그를 추모하며 쓴 것이다.

어젯밤 천둥 번개와 함께 내린 비로, 포갠 발등에 가을이 어른거린다.

그의 꾸밈없는 웃음이 그립다.

2. 이산하 시인에게

대나무 끝을 뾰족하게 깎으면

날카로운 창으로 변하고

끝을 살짝 구부리면

밭을 메는 호미로 변하고

몸통에 구멍을 뚫으면

아름다운 피리로 변하고

바람 불어 흔들면

안을 비워 더욱 단단해지고

그리하여

60년 만에 처음으로

단 한 번 꽃을 피운 다음

숨을 딱 끊어버리는

그런 대나무가 되고 싶다.

　- 이산하, 〈대나무처럼〉

이산하 시인과 처음 만난 것은 그가 고등학교 3학년이고 내가 대학교 1학년일 때였다. 겨울 교복을 입은 그와 히피나 다름없는 내가 앉아 시에 관해 열띤 대화를 나눴다. 아직 껍질을 벗지 않은 마야코프스키 같은 친구였다. 그 후 그는 내가 다니는 대학의 국문학과에 입학해 나와 함께 동인으로 활동했다.

2학년 때인 초여름, 강의실로 걸어가다가 우연히 그와 마주쳤다. 어디 가느냐는 그의 질문에 "학기말 시험 보러 간다."고 대답하자 그는 묘한 입 모양을 지으며(그는 웃을 때 입술이 약간 옆으로 돌아가는 특징이 있다) "형도 시험을 봐요?" 하고 어이없다는 듯이 말하는 것이었다.

그 말이 내게는 큰 충격이었다.

'아, 내가 여기서 무엇을 하고 있지? 이런 것이 과연 내가 원하는 삶인가?'

그는 그 한마디를 던지고 가버렸지만 나는 그 자리에 한참을 우두커니 서 있었다. 그길로 나는 학교를 걸어 나와 두 달에 걸친 긴 도보여행을 떠났다. 물론 시험을 보지 않아 학교는 낙제를 했다.

그 여름 뙤약볕 아래의 길가를 걷고 과수원의 열매를 따먹으며 단양, 영주, 충주 등지의 국도를 끝없이 걸었다. 내 삶과 문학에 대한 성찰이 옥수수처럼 익어갔다. 신발은 금방 닳아 밑창이 너덜거렸지만 내가 나아가야 할 길은 더욱 확고해졌다.

그리고 그해 겨울, 나는 신춘문예에 시가 당선되어 문단에 등단했다. 존재론적 성찰에 몰입해 있던 이산하 시인은 제주 4·3학살과 진실을 폭로하는 장편서사시 《한라산》을 발표해 국가보안법 위반으로 수배되었다가 결국 구속되었다. 그가 감옥에 있는 동안 나는 인도로 첫 여행을, 그 후 25년 동안 계속될 여행을 떠났다.

우리의 길은 그렇게 크게 갈라졌다. 며칠 전 페이스북을 통해 그가 안부를 물어왔다. 갑자기 젊은 날의 그때로 돌아가 그가 말하는 듯했다.
'너는 여기서 무엇을 하고 있지?'

불혹

백조는 일생에
두 번 다리를 꺾는다.
부화할 때와 죽을 때
비로소 무릎을 꺾는다.

나는 너무 자주
무릎 꿇지는 않았는가.

– 이산하, 시집 《천둥 같은 그리움으로》, 문학동네

여기가
로도스다!

이솝 우화에 로도스섬에 관한 이야기가 나온다.

고대 그리스의 한 청년이 멀리 로도스섬에 갔다 오더니 자기가 거기 있을 때 가장 높이 뛰어올랐다고 자랑했다. 청년의 말을 계속 의심하던 누군가가 이렇게 외쳤다.

"여기가 로도스다, 여기서 뛰어라!"

이 간단한 얘기를 헤겔Hegel도 《법철학》 서문에서 인용하고 마르크스Marx도 《자본론》과 《루이 보나파르트의 브뤼메르

18일》에서 인용하지만 둘 다 이렇게 살짝 비틀어서 시적으로 표현한다.

여기에 장미꽃이 있다, 여기서 춤춰라!

다른 깊은 뜻이 있겠지만 얼핏 마르크스는 이론과 실천의 행복한 결합을 장미로 은유하면서 결국 모든 이론은 부질없으니 현실 속에서 구체적인 행동으로 증명해보라는 말을 하는 게 아닐까 생각한다. 오랫동안 가슴속에 묻어두었던 말이 슬며시 눈을 뜬다.

모든 이론은 회색이며, 오직 영원한 것은 저 푸른 나무의 생명이다.

— 단테Dante, 《신곡》

세계적인 사상가와 철학자들이 쓴 회고록의 공통점은 자신이 언어의 벽돌로 쌓아올린 이론의 철옹성이 결국 강고한 현실 앞에서는 무력했다는 쓸쓸한 회한이 담겨 있는 것이다. 장미꽃은 공중에서 아래로 피는 것이 아니라 땅에서 하늘로 핀다. 로도스섬은 우리가 발을 딛고 있는 현실이다. 바로 지금 여기서 높이 뛰어올라 장미꽃처럼 아름답게 피어야 한다. 단, 장미꽃을 취하려면 가시를 견뎌내야 한다.

마음의
감옥

"4·3을 기억하는 일이 금기였고 이야기하는 것 자체가 불 온시되었던 시절 4·3의 고통을 작품에 새겨 넣어 망각에서 우리를 일깨워준 분도 있었습니다. 이산하 시인의 장편서사 시 《한라산》……."

- '제주 4·3 70주년' 문재인 대통령 추념사 중에서

2018년 봄 '제주 4·3 70주년 추념식'에서 사회자인 이효 리 가수가 〈생은 아물지 않는다〉라는 내 시를 낭송하기 시작 했다. 곧 문재인 대통령의 입에서 "이산하 시인의 장편서사

시 한라산"이란 말까지 나왔다. 혼자 TV를 보고 있던 나는 이 모든 게 환청처럼 들리면서 그 순간 현기증이 일어났다. 잠시 후 나도 모르게 속으로 중얼거렸다.

'아, 이산하라는 이름이 30년 만에 유배가 풀렸구나……'

일국의 대통령이 사석도 아닌 공식석상에서 호명한 일이니 충분히 울컥하며 감격스러울 법도 했지만 그러기에는 내 가슴이 폐허로 변한 지 너무 오래였고, 한순간에 절망의 뿌리를 거두기에도 너무나 긴 세월이었다. 그동안 난 창살 없는 감옥에 유배된 상태였다. 나는 나를 운구하며 살았다.

'이산하 시인'이라는 말은 내가 1987년 '한라산 필화사건'으로 구속된 이후부터 석방되고 나서까지 '극좌파 시인' '빨치산 시인' '빨갱이 시인'으로 낙인찍혀 4·3만큼이나 좌우 모두 기피하던 금기의 이름이 되었다. 몸은 감옥에서 석방되었지만 세상 속 내 이름은 여전히 갇혀 있는 것이나 마찬가지였다.

창살 없는 감옥이자 마음의 감옥이 나를 둘러싸고 있었다.

힘겹고 외로웠다. 설상가상 내 필화사건의 공안검사였던 황교안 장관이 총리에서 대통령 권한대행까지 승승장구하여 매스컴에 도배될 때마다 잊었던 고문의 악몽이 되살아나 병원을 찾기도 했다. 그 세월이 30년이었다. 어느 날부터는 문득문득 '차라리 30년을 감옥에서 살걸.' 하는 자조적인 생각마저 들었다.

4·3항쟁 70주년을 맞아 《한라산》 개정판을 냈다. 시집 후기에도 썼듯이 '내 젊은 날의 비명이자 통곡'이었던 시를 30년 뒤에 하나씩 천천히 쓰다듬으며 다듬었는데 그 과정이 마치 유골 발굴 현장에서 흩어진 뼈를 주워 하나씩 맞춰가는 것처럼 가슴이 떨렸다.

제주 4·3항쟁은 토벌대의 공세로 10월에 이미 전세가 기울었지만 청년들은 계속 한라산으로 올라갔다. 어쩌면 지금 내가 시를 쓰는 것도 그 가을, 이미 패색이 짙은 싸움을 위해 입산하는 그 청년들의 심정 같은 것인지도 모른다. 비록 유배는 풀렸지만 늘 진실만 말해야 한다는 멍에가 여전히 내 목에 걸려 있는 한 내 마음은 늘 먼저 베인다. 그 베인 자리

아물면 내가 다시 벨 것이다. 그러니 내 생은 결코 아물지 않는다. 아물면 죽음이다.

> 거듭 말하노니
> 한국현대사 앞에서는 우리는 모두 상주이다.
> 오늘도 잠들지 않는 남도 한라산
> 그 아름다운 제주도의 신혼여행지들은 모두
> 우리가 묵념해야 할 학살의 장소이다.
> 그곳에 뜬 별들은 여전히 눈부시고
> 그곳에 핀 유채꽃들은 여전히 아름답다.
> 그러나 그 별들과 꽃들은
> 모두 칼날을 물고 잠들어 있다.
>
> – 이산하, 〈서시〉,《한라산》, 노마드북스

영혼의 무게

21그램

법정스님은 자신의 내면을 보고 생의 의미를 깨닫는 여행에서 영혼의 무게를 느낀다고 말했다. 문득 몇 해 전 파리 센 강변을 산책하다가 노트르담 대성당 중앙 대문에 조각된 '최후의 심판'을 본 기억이 떠올랐다. 인상적인 모습은 미카엘 대천사가 사탄과 나란히 서서 무덤에서 깨어난 영혼의 무게를 저울에 달아 심판하는 장면이었다. 실제로 오래전 미국의 의사 덩컨 맥두걸Duncan MacDougall이 임종을 앞둔 폐병 환자를 대상으로 과연 영혼의 무게가 얼마나 되는지 실험한 일이 있었다. 의사는 실험을 위해 특수 저울을 만들었다.

얼마 지나지 않아 환자의 숨이 멎었고 그 순간 고개가 떨어졌다. 그때 저울의 눈금 막대도 똑같이 아래로 뚝 떨어졌다. 줄어든 무게는 약 21그램이었다. 맥두걸은 이 21그램이 영혼의 무게라는 결론을 내렸다. 그는 내장에서 배출되는 대소변이나 폐에서 빠져나가는 공기 등을 고려해 무게를 측정했다. 그러면 남는 건 영혼밖에 없다고 생각한 것이다.

맥두걸은 또 폐병 환자는 아니지만 개 15마리에게도 사람과 똑같은 방식으로 실험을 했다. 그런데 개들은 모두 죽은 뒤 전혀 몸무게가 줄지 않았다. 그래서 의사는 개에게는 영혼이 없다는 결론을 내렸다.

중세를 전후로 지어진 유럽의 여러 건물에는 이처럼 영혼의 무게를 다는 그림과 조각이 많다. 프랑스의 오튄 대성당과 콩크 수도원, 생 레베리엥 교회, 또 스페인의 대천사 성당, 성 미가엘 성당 같은 곳들이다. 죽은 사람의 영혼을 저울에 달아 저울이 천사 쪽으로 기울면 천국에 가고 악마 쪽으로 기울면 지옥에 간다는 것이다. 면죄부를 진통제처럼 팔던 중세시대의 작품인 만큼 실소조차 나오지 않는다. 그런데 문득, 정말 내 영혼의 무게는 얼마일까 궁금해진다. 아마도 죄를 많이 지은 탓이리라. 사는 것 자체가 죄를 짓는 일이라고 스스로를 애써 위안하지만 그래도 미심쩍다. 다시 숀 펜Sean Penn 주연의 영화 〈21그램〉을 봐야겠다.

우리를 과연

인간이라

부를 수 있는가?

2011년 1월, 한국 선박이 아프리카 소말리아의 해적들에게 납치됐다. 한국 정부는 해군 특수부대를 투입하여 8명의 해적을 사살하고 5명을 생포했다. 우리 해군은 다행히 사망자 없이 21명의 선원들을 전원 구출했다. 보수언론에서 한국 국민의 생명을 지켜낸 '성공적인 쾌거'라고 연일 샴페인을 터뜨리며 대서특필한 '아덴만 여명작전'이다.

해적들이 불법으로 우리 국민들을 납치한 사건이기 때문에 언론의 호들갑을 꼬집기가 그리 쉽지 않다. 그 때문인지

인도주의적 측면에서 한번 짚어볼 법한 일인데도 평소 진보 언론의 목청 높던 양심적인 지식인들마저 거의 입을 다물었다. 그런데 노르웨이 오슬로국립대 박노자 교수가 '우리를 과연 인간이라 부를 수 있나?'라는 신문 칼럼에서 아픈 부분을 건드렸다.

어쩔 수 없이 해적이 된 가난뱅이 8명을 '성공적으로 죽였다고' 기뻐서 난리치는 우리를 과연 계속 '인간'이라 부를 수 있는가? 인간에게 태생적으로 있어야 할 자비심이나 생명에 대한 경외, 피부색과 무관한 이웃사랑은 우리에게 과연 남아 있는가? 대한민국 국적 소유자임이 그저 부끄러울 뿐이다.

생명은 국적을 초월해 누구에게나 소중하고 존중되어야 한다는 극히 상식적이고 인도주의적인 지적에 불과했다. 그럼에도 불구하고 난 폐부 깊숙이 송곳에 찔린 것처럼 아팠다. 인문학을 다루는 학자로서의 진정성 있는 자세, 인간애와 양심을 보여준 뼈아픈 충고였기 때문이다. 한국의 양심적인 지식인들은 여전히 세간의 눈치를 보며 침묵했다. 상황 논리에 의해 보편 논리가 진압된 것이다. 민족주의와 국수주의

앞에서는 최소한의 인권마저 샴페인 거품처럼 빠르게 사라
진다. 바로 이런 점이 일정 부분 한국 인문교양의 한계인지
도 모른다.

운명의

주사위놀이

남녀노소 불문하고 수많은 사람이 아우슈비츠 강제수용소로 끌려갔다. 오로지 '유대인'이라는 이유 하나 때문이었다. 차라리 레지스탕스나 빨치산 활동을 했더라면 조금은 덜 억울했을지도 모른다. 유럽 각지에서 파시스트와 나치에게 체포된 유대인들은 가축들을 수송하던 열차에 실려 머나먼 폴란드의 아우슈비츠로 이송되었다. 열차가 며칠에서 몇 주일동안 낯선 곳으로만 달리자 어른들은 점점 불안해하며 긴장하는 눈빛들이었지만 아이들은 소풍이라도 가듯 즐겁게 뛰어놀았다.

마침내 열차가 아우슈비츠 수용소에서 멈춰섰다. 수용소에 도착한 후 저쪽 문으로 내린 사람들은 무기공장으로 직행했고 이쪽 문으로 내린 사람들은 '샤워실'로 직행했다. 샤워실이 진짜 샤워를 하는 곳인 줄 알고 가던 사람들은 그곳이 '가스실'인 줄 모른 채 여독을 푼다며 좋아했다.

그런데 이 운명의 갈림길 같은 장소 선택은 술 취한 한 나치 간부의 장난 같은 주사위놀이에서 결정된 것이었다. 다행히 저쪽 문으로 내린 사람들은 다음 날 굴뚝에서 종일토록 솟아오르는 검은 연기를 보아야 했다. 물론 그 연기의 의미를 알기까지는 오랜 시간이 걸렸다.

운주사

와불 옆에 누워

서로 이를 잡아주며

어느 허공에서 우리의 눈물이

죽은 별처럼 빛도 없이 떠다니다가

지쳐 만나 서로 기대면

함께 바다에 쓰러져

다시는 일어서지 못하려나

눈물 따라 물길이 나면

우리가 마주 본 것들은 이미 다 사라지고

홀로 남은 텅 빈 눈동자들이 그리로 흘러

우리가 다시 만나려나

- 남덕현, 〈그리움·2〉

오랜만에 남덕현의 시집 《유랑》을 펼쳐놓고 사막을 유랑한다. 그의 시는 바람을 탁본한 것 같은 시이기도 하고 패장이 자결 전에 잠시 꾸는 호접몽 같은 시이기도 하다. 그는 햇볕 잘 드는 운주사 와불 옆에 나란히 누워 서로 이를 잡아주며 '이번 생도 배렸다'고 엄살을 피울 것만 같은 불가촉천민적 감성의 소유자다. 그의 시는 도처에 존재하면서도 도처에 존재하지 않는다. 아니, 존재하기를 거부한다. 언어들끼리 서로 스며들어 일체유심조의 체위를 구사하며 시를 낳았음에도 끝내 언어이기를 거부한다. 언어가 존재의 집이 아니라 존재가 언어의 집이다. 그러니 태어난 것들은 모두 태어나자마자 잿더미나 송장들이다. 남덕현의 시에 대해 묻는 것은 모두 부질없는 질문이다.

온통 환멸이거나 자멸이거나 소멸이거나 온통 절멸이다. 그렇다. 그의 시는 시적 정상위도 적멸이고 시적 후배위도 적멸이다.

몇 년 동안 만나온 남덕현 시인의 눈빛에서 난 높이 뻗어 오른 자작나무의 청렴하고 결백한 성질을 발견한다. 외롭고 높고 쓸쓸하다. 세상이 혼탁할수록 칼날 같은 그의 직관력은 거침없이 무심하다. 봄에 살을 찢고 가을에 뼈를 도려내고 겨울에 허무의 뼈를 세우며 홀로 여위어가는 것이 시인이다. 남덕현 시인은 지금 뼈를 도려내며 자신에게서 비롯된 모든 것들에게 하염없이 사무친다. 그의 시집을 읽는 것은 곧 그 시집에 대한 화형식을 치르는 것과 같다. 문득 시인의 혀를 자르고 귀를 막은 채 들려주고 싶은 말이 스친다. 대역죄를 화형으로 다스리던 중세 유럽의 왕명이다.

"육체가 타고 남은 재를 바람에 날리게 하라."

오늘 밤도 난 유해발굴단처럼 흩어진 유골을 찾아 맞추듯 그의 시집을 읽는다. 그의 적멸의 칼날에 잠시 몸을 베인다. 그러나 베인 흔적조차 없다. 피도 나지 않는다.

이것이
인간이다

내가 번역한 시집 가운데 《살아남은 자의 아픔》이라는 프리모 레비의 시집이 있다. 가슴에 불을 느끼며 번역한 탓인지 늘 애틋하다. 시인은 이탈리아 화학자이자 파시즘에 저항한 유대인 레지스탕스이기도 했다. 그는 24살 때 체포돼 아우슈비츠로 끌려갔다가 기적적으로 살아남았지만 1987년인 68세 때 토리노의 고층 아파트에서 투신자살했다.

몇 년 전 나는 이 번역시집을 가슴에 품고 '평균 생존 기간 3개월'인 아우슈비츠 수용소로 가서 그가 매일 보았던 시체 소각 '굴뚝'을 보며 비통한 영혼을 위로했다. 그의 시집 가운데 〈나치 전범재판〉이라는 시가 있다. 유대인의 머리카락을 원단으로 하는 사업으로 성공한 어느 기업가의 전범재판 기록이다.

나치 전범재판
– 증인 심문

증인의 이름은?

알렉스 징크라고 합니다.

태어난 곳은?

화려한 고대도시로 유명한 뉘른베르크입니다.

그런데 재판장님,

먼저, 일사부재리의 원칙에 입각해

이미 나치 전범재판에서 다뤘던 것들은

여기에선 더 이상 효력이 없다고 생각합니다.

둘째, 논쟁의 여지가 많을수록 더욱 그렇고요.

셋째, 참고로 이 세상 최고의 카펫들은

바로 제가 만든 펠트 제품이라는 사실입니다.

허허 – 증인이 쓸데없는 것까지 걱정하는군.

그동안 어떻게 살아왔는지나 말해보시오.

물론 위증의 대가에 관해선 잘 알 테고…….

재판장님,

전 진짜 피땀 흘리며 열심히 살아왔습니다.

돌 위에 돌을 쌓고, 상처 위에 상처를 쌓으며

제 이름을 딴 '징크 컴퍼니' 공장을 설립해

최고로 아름다운 펠트 카펫을 만들었습니다.

저는 직원들의 봉급도 후하게 주는

자비롭고 근면성실한 사장인 데다가

고객들도 절대로 불평하는 법이 없었어요.

한마디로 유럽 최고의 제품만 생산했죠.

카펫 제조기술이 아주 좋은 모양이군.

근데 그 훌륭한 솜씨는 어디에서 배웠소?

예? 그, 그건…….

사실대로 말하지 않으면 어떻게 된다고 했소?

아우슈비츠 수용소에서…… 머리카락으로……

카펫을 짜면서 배웠습니다…….

양모와 머리카락 중 어떤 게 더 품질이 좋던가요?

아무래도…… 머리카락이…….

그래, 그동안 꿈자리는 편안하던가요?

뭐, 대충은 꿀 만했는데…… 간혹 슬픈 영혼들이

자꾸 흐느끼는 것같이 꿈이 뒤숭숭하긴 했죠.

증인은 이제 돌아가서 기다리시오.

— 프리모 레비 저, 이산하 역, 《살아남은 자의 아픔》, 노마드북스

나치는 유대인들을 가스실로 보내기 전 '위생'이라는 미명 아래 머리카락을 잘랐다. 그러고는 그 머리카락으로 카펫과 담요를 짰다. 시신을 소각한 뒤에 나온 금니로는 금괴를 만들어 전쟁자금을 마련했다. 또 시신에서 나온 재는 정원의 꽃밭과 전시 작물밭의 비료로 사용했다. 유대인을 인간이 아니라 짐승으로 취급했기에 가능한 나치의 '알뜰하기 그지없는' 실용주의였다. 특히 머리카락으로 짠 카펫과 담요는 양모보다도 더 따뜻하고 윤기가 잘잘 흐른다고 해서 당시 주문 생산이 밀릴 만큼 최고의 인기 상품으로 등극했다.

그 VIP 고객들은 나치와 연합군 간부들을 비롯해 전쟁물

자를 생산해 이익을 챙기던 기업가들과 사회의 소수 특권층 인사들이었다. 그들은 주로 사업과 관련된 로비를 위해서 혹은 가정의 선물용으로 앞다퉈 구매했다. 물론 최대 납품처는 나치 병영이었다. 특히 날씨가 쌀쌀해지는 가을이면 따뜻한 방한용 담요가 필요한 동계 전투를 대비해 수용소의 머리카락 삭발식은 더욱 분주해졌고 굴뚝도 그만큼 바빠졌다.

대표적인 단골 고객은 나치 정부의 수장 히틀러를 비롯해 괴링, 히믈러, 헤스, 괴벨스, 아이히만, 나치 장교의 정부인 향수 디자이너 코코 샤넬과 연합군의 아이젠하워, 패튼, 브레들리, 몽고메리, 롬멜 장군, 전설의 명사수 바실리 자이체프, 앨런 튜링 등이다. 이 중 앨런 튜링Alan Turing은 인류 최초의 컴퓨터를 만든 천재로 나치의 암호체계인 에니그마Enigma를 해독했다. 동성애자인 그는 경멸과 조롱을 당하다가 스스로 독을 넣은 사과를 먹고 자살했다. 스티브 잡스가 이 비운의 천재를 추모하는 뜻에서 '한입 베어 문 사과'를 애플의 로고로 채택했다는 얘기도 있다.

그런데 같은 유대인들도 상당수가 이 카펫을 주문했다.

2차대전 중 일부 특권층 유대인들은 가난하고 힘없는 유대인들을 아우슈비츠로 보내기 위해 게슈타포한테 팔아넘기는 극악무도한 짓을 저질렀다. 이 반역자들은 일찌감치 전시 안전지대로 피신해 자기 형제자매들의 머리카락으로 짠 따뜻한 이불을 덮고 자며 안락한 삶을 누렸다. 또 그것도 모자라 전후에는 희생자들의 서류에 나온 가족사항을 위조해 사망 보상금까지 가로챘다.

일제 식민지를 겪은 우리의 역사도 그와 별반 다르지 않다. 다른 게 있다면 우린 아직도 참된 사과나 보상 같은 것들을 전혀 받지 못했다는 점이다. 광복 후 친일 잔재를 깨끗이 청산하지 않아서 겪은 우리의 수모지만, 그런 수모를 겪을수록 난 나치의 그 '알뜰한 실용주의'를 더욱 본받고 싶어진다.

잔인한

실 험

오래전 미국 존스홉킨스 대학의 리히터 교수가 쥐를 대상으로 두 번의 잔인한 실험을 했다.

첫 번째 실험이다. 빈 유리병 속에 쥐를 넣고 물을 부었다. 물이 차오르자 실험용 쥐는 밖으로 탈출하기 위해 유리벽을 타고 오르며 계속 몸부림쳤지만 유리가 너무 미끄러워 탈출하지 못한다. 쥐들은 결국 물에 빠져 죽고 말았다. 여러 마리 쥐를 넣고 실험을 반복했지만 모두 죽었다. 다만 쥐들이 발버둥을 치며 버텨내는 시간은 약 20분에서 60시간까지 서로 크게 달랐다.

두 번째 실험이다. 유리병 속의 쥐가 탈출하려고 한창 사투를 벌일 때 일단 밖으로 끄집어내 살려주었다가 잠시 후다시 유리병 속으로 집어넣었다. 그런데 다시 유리병 속에집어넣은 이 쥐들이 첫 번째 쥐들보다 버티는 시간이 훨씬길었다. 물론 이 쥐들도 탈출에 실패해 결국 모두 죽었지만중요한 건 쉽게 포기하지 않고 며칠씩 버텨냈다는 점이다.절체절명의 위기에서 누군가 자신을 구해준 그 경험이 쥐들에게 바로 마지막 '희망'의 끈이 되었다.

이 실험은 지금 내게 주어진 삶이 아무리 고통스럽더라도결코 자신을 포기하지 말라는 얘기가 아니라 위기에 처한 사람에게 내미는 단 한 번의 손길이 얼마나 중요한지를 알려주는 서늘한 깨달음이다. 비록 그 손길이 모든 일을 결정적으로 해결해주는 것은 아닐지라도 말이다.

희망은 옆의 숨결을 느낄 때 오고 절망은 옆의 숨결을 느끼지 못할 때 온다. 숨결과 숨결이 모이면 물결로 변한다.

장례식의
민영화

'철의 여인' 혹은 '신자유주의의 마녀'로 불리는 전 영국 수상 마거릿 대처Margaret Thatcher가 2013년 사망했을 때였다. 시민들의 자존감을 추락시키고 약자들을 노숙자로 만드는 국가 제도의 저열한 폭력성을 그린 영화 〈나, 다니엘 블레이크〉의 켄 로치Ken Loach 감독이 이렇게 말했다.

"대처의 장례식을 국장으로 하는 것은 예우가 아니다. 그것도 민영화해야 한다. 경쟁 입찰에 부쳐 최저가에 낙찰된 업체가 장례식을 치르는 걸 그녀도 원했을 것이다."

영국에 신자유주의라는 악마를 몰고 와 빈부격차를 조장하고 전기와 가스, 물, 교통 같은 사회적 공공재를 민영화해 물가가 살인적으로 폭등하도록 부채질한 주범이 대처 수상이었다. 그녀는 또한 세계적인 인권운동가이자 '자유의 상징'인 넬슨 만델라Nelson Mandela를 '테러리스트'라고 비난했다.

영국 국민의 75퍼센트가 대처 수상의 장례식을 국장으로 치르는 것에 반대했다. 그럼에도 불구하고 장례식을 국유화(국장)하기로 결정하자 로치 감독은 대처 수상이 평소 그렇게 애용한 민영화로 진행하지 않는 것에 대해 이같이 표현했다. 이렇게 재치 있게 풍자하기도 쉽지 않은 일이다.

켄 로치 감독은 2006년 '칸 영화제'에서 황금종려상을 수상했다. 그런데 한국 영화계에서는 유명 감독으로 등극만 하면 마치 침묵의 카르텔에 들어간 것처럼 사회정치적 발언을 자제해 기득권 유지의 걸림돌을 스스로 알아서 제거한다. 그래서 켄 로치 감독의 〈보리밭을 흔드는 바람〉 같은 감성과 지성이 더욱 부러운 일인지도 모른다.

지금이 아니면

언제란 말인가?

누가 우리를 기억하는가?

우리는 천 년 동안이나 떠돌며

서러움과 핍박을 받은 게토의 어린 양들이라네.

우리는 십자가 그늘에서 말라죽어가는

농부와 재단사와 시계수리공과 전단 배포자들이며

양쪽 어깨에 총과 악기를 멘 음유시인들이라네.

이제 우리는 미로 같은 숲속의 길도 알고

고통이 짧도록 정확하게 총 쏘는 법도 배웠다네.

······.

날마다 수많은 우리 형제들이 아우슈비츠의

좁은 굴뚝을 타고 하늘나라로 갔다네.

다행히 그 동지들의 명예와 복수와 증언을 위해

우리 몇 명만은 기적적으로 살아남았다네.

내가 나를 위해 살지 않는다면

과연 누가 나를 위해 대신 살아줄 것인가?

내가 또한 나 자신만을 위해 산다면

과연 나의 존재의미는 무엇이란 말인가?

이 길이 아니면 어쩌란 말인가?

지금이 아니면 언제란 말인가?

  – 프리모 레비, 〈게달레 대장〉 중에서

　이 시는 프리모 레비의 《지금이 아니면 언제?》라는 제목
의 장편소설 속에 실려 있다. 소설의 주인공인 게달레 빨치
산 대장은 유대인 음악가 마틴 폰타쉬와 함께 코소보 수용소
에 수감된다. 저항정신과 뛰어난 재능을 모두 지녔던 음유시
인 폰타쉬가 처형당하자 게달레 대장은 그를 추모하며 이 노
래를 작곡한다.

클래식 음악 애호가였던 나치친위대의 한 장교는 처형 직전의 폰타쉬에게 '30분 동안만' 마지막 소원을 들어주기로 한다. 작사를 선택한 폰타쉬는 그 30분 동안 혼신을 다해 생의 마지막 작사를 하고 '작사 유서'를 끝내자마자 바로 처형되었다. 그런데 '유대인은 총살, 레지스탕스와 빨치산은 교수형'이라는 나치의 처형 원칙 때문에 그는 '두 번'이나 처형당한다. 빨치산이라는 이유로 먼저 교수형을 당한 후, 유대인이라서 총살형까지 당하고 만다. 나치 장교는 죽은 폰타쉬의 심장에 다시 총을 쏘았던 것이다.

얼마 후 게달레 대장은 나치친위대의 숙소를 급습해 그 친위대 장교를 처형하고 가사 원본을 입수했다. 이것은 실화이며, 이 시는 그 가사를 토대로 프리모 레비가 보완하고 재구성한 것이다. 아우슈비츠의 굴뚝으로 연기처럼 사라져간 수많은 형제와 기적적으로 살아남은 동료들을 향한 마음이 애틋하고 절절하다.

내가 나를 위해 살지 않는다면
과연 누가 나를 위해 대신 살아줄 것인가?

내가 또한 나 자신만을 위해 산다면

과연 나의 존재의미는 무엇이란 말인가?

이 길이 아니면 어쩌란 말인가?

지금이 아니면 언제란 말인가?

진실의

돛대

미국은 9·11테러의 배후로 지목한 오사마 빈 라덴 암살 작전을 '제로니모 작전'이라고 불렀다. 제로니모Geronimo는 19세기 미국 침략자들에 맞서 싸운 인디언 영웅이다. 세계의 양심으로 불리는 노암 촘스키Noam Chomsky 교수가 발끈했다.

"빈 라덴을 제로니모라고 부르는 것은 미군 헬기를 '아파치', 미군 미사일을 '토마호크'로 부르는 것과 똑같다. 마치 나치가 자기들의 전투기를 '유대인'과 '집시'라고 부른 것처럼 말이다. 또 비무장 상태의 빈 라덴을 체포하려는 시도가 없었기 때문에 미군의 작전은 처음부터 암살assassination을 계획한 것이다. 이는 국제법을 기본적으로 위반한 것으로 법치주의 사회에서는 용의자를 체포한 후, 반드시 공정한 재판을 거쳐야 한다.”

아파치는 북아메리카 인디언들 가운데 하나인 아파치족의 이름이고 토마호크는 그 인디언들이 사용하던 도끼의 이름이다. 모두 자신들의 살상무기에 희생자들의 이름을 따서 붙인 것으로 참으로 교활하고 악랄한 발상이 아닐 수 없다. 1980년 5월 ‘광주민주화운동’이 일어났을 때 미국 내 한국 위기비상대책팀 코드명은 ‘체로키’였다. 이 또한 자신들이 학살한 인디언 부족인 체로키의 이름을 딴 것이었다.

신중한 태도를 요하는 이런 민감한 사안에 양심적인 발언과 비판을 서슴지 않는 지식인들이 존재한다는 게 중요하다. 그들이 등대처럼 날카롭게 성찰의 불을 밝혀야 한다. 그럴 때야 비로소 진실의 돛대는 침몰하지 않고 넓은 바다로 항해를 지속할 수 있다.

진짜 지식인과

가짜 지식분자

이 세상을 근본적으로 바꿔야 한다는 지식인들이 많다. 과연 그들은 진짜 바꾸고 싶은 것일까?

나는 간단하게 아래 두 가지 질문에 대한 답으로 판단한다.

1. 가족을 뺀 현재의 모든 것을 지금 당장 포기할 수 있나?
2. 중산층 이하의 사회적 약자들을 위해 폭탄을 안고 불 속으로 뛰어들 수 있나?

무엇을 바꾼다는 것은 기존에 있던 것을 없애고 빈 곳을 새로운 것으로 채워 넣는 것이다. 그래서 먼저 자신의 기득권을 모두 포기하고 비워야 한다. 그렇게 하지 않으면 진심으로 바꾸자는 것이 아니라 내가 가진 것을 그대로 움켜쥔 채 남들만 포기하라는 얘기다. 우리는 그들을 지식인이 아니라 '지식분자'라고 부른다.

이 사회의 모든 제도와 문화는 중산층 이상에 적합한 구조다. 중산층과 상류층은 지식인들이 떠들지 않아도 스스로 알아서 한다. 그럼에도 중산층 이상을 변호하는 중산층 이상에 속하지 않는 사람들은 그들의 기득권에 편승하려는 속셈이다.
권력은 경제민주화의 급소인 이 중산층이라는 허리를 더욱 공고하고 유연하게 강화해왔는데, 이는 고대 아테네의 민주정치 시절부터 있었던 일로 상하층이 서로 싸워 부러지는 것을 막으면서 여태껏 유지해왔다. 중산층은 원래 신체 내 말랑말랑한 연골조직 같은 것이어서 미꾸라지 같은 기회주의적 지식분자들로 차고 넘친다.

그들도 안다. 자신들이 삐끗하면 사회 전체가 디스크로 휘청거린다는 사실을. 그래서 그것을 교묘히 악용해 출세를 도모한다. 그들이 애용하는 '가치중립'이란 말은 기득권의 열차에 편승하려는 목적으로 표현하는, 위선적인 지식인의 균형적 시각을 빙자한 변명에 불과하다. 영화 〈설국열차〉의 꼬리칸에 타지 않는 지식인은 모두 가짜 지식분자다.

체 게바라의

공평

식량이 부족해 배가 고플수록

분배에 더욱 세심해져야 한다.

오늘 얼마 전에 들어온 취사병이

모든 대원들의 접시에

삶은 고깃덩어리 2점과

말랑가 감자 3개씩을 담아주었다.

그런데 내 접시에는 고맙게도

하나씩을 더 얹어주는 것이었다.

나는 즉시 취사병에게 접시를 던지며 호통 쳤다.

"이 아부꾼아, 지금 여기서 당장 나가!

넌 밥 먹을 자격도 없어!

네놈이 적군한테도 이렇게 인심 쓰듯

총을 쏘아댈 수 있는지 두고 보겠다!"

나는 취사병의 무기를 빼앗은 다음

캠프 밖으로 추방시켜버렸다.

그는 단 한 사람의 호감을 얻기 위해

많은 사람들의 평등을 모독했다.

　　- 체 게바라, 〈대장의 접시〉

체 게바라가 게릴라 투쟁을 지휘할 때 쓴 시다.

"식량이 부족해 배가 고플수록 분배에 더욱 세심해야 한다."

이렇게 생각하고 이렇게 실천하며 사는 사람이 진정한 지도자이다. 하물며 세상의 정의를 위해 싸우는 혁명가들에게는 아무리 사소한 것일지라도 더욱 평등하고 공평한 정신이 필요하다.

사람은 빈부격차는 참아도 불공평함은 참지 못하고 차이는 수긍해도 차별에는 분노한다. 자존감을 직접적으로 저격하는 인격모독이 되기 때문이다. 문득 다 같이 가난했던 어린 시절이 떠오른다. 환경적으로 다소 차이는 있었지만 인간적인 차별은 없었던 그 시절의 소박한 공동체가 자꾸 그리워진다.

촛불을

패러디한

시

2016년 가을부터 2017년 봄까지 대한민국은 장엄한 촛불의 화력을 실감하고도 남았다. 여러 예술 분야에서 촛불을 패러디한 작품들이 쏟아졌고 문학계에서도 유명 시인의 작품을 패러디한 시가 나왔다. 이문재 시인의 〈촛불의 노래를 들어라〉가 대표적이다.

불이 눕는다.
비를 몰아오는 동풍에 나부껴
불은 눕고 드디어 울었다.

날이 흐려서 더 울다가 다시 누웠다.

불이 눕는다.

바람보다 더 빨리 눕는다.

바람보다도 더 빨리 울고

바람보다도 먼저 일어난다.

우리가 불이 되어 만난다면

젖은 어느 집에선들 좋아하지 않으랴.

우리가 키 큰 나무와 함께 서서

화르르 화르르 불타오르는 소리로 흐른다면(······)

그러나 지금 우리는 물로 만나려 한다.

벌써 물줄기가 된 물방울 하나가

물바다가 된 세상을 쓰다듬고 있나니

만리 밖에서 기다리는 그대여

저 물 지난 뒤에 타오르는 불로 만나자······.

　첫 번째 연은 김수영 시인의 〈풀〉을 살짝 바꿨고 두 번째 연은 강은교 시인의 〈우리가 물이 되어〉를 바꿨다. 김수영의 풀과 강은교의 물을 모두 '불'로 바꿨지만 전혀 어색하지 않다. 쓰러져도 다시 일어서는 풀과 바람에 꺼져도 다시 켜지는 촛불이 서로 잘 포개져 있다. 또 물방울이 모여 물줄기가 되고 그 물줄기를 쏟아내는 물대포를 향한 촛불의 응징도 자연스럽다. 이 시가 적힌 광화문 광장의 입간판 옆에는 다른 유명 작품들을 패러디한 시도 많았다.

촛불 함부로 발로 차지 마라.
너희는
언제 한 번이라도 뜨거운 사람이었느냐.
– 안도현 시인

흔들리지 않고 피는 촛불이 어디 있으랴.
이 세상 그 어떤 아름다운 촛불도
다 흔들리면서 피었나니
– 도종환 시인

촛불이 곁에 있어도
나는 촛불이 그립다.
– 류시화 시인

이제 세상은 '적당히' 바뀌었고 촛불은 꺼졌다. 길이 다시 어두워지면 불씨도 다시 살아날 것이다.

지난 촛불시위에서는 아날로그 양초가 디지털 LED초로 바뀌었다. 아날로그 촛불은 자신의 온몸을 다 태우고 녹는다. 하지만 디지털 촛불은 장렬하게 전사할 심지와 근육이 없다. 나는 그것이 우리 사회를 변화시키는 동력이 노동자에서 소시민적 인텔리로 바뀐 신호라고 생각한다. 땅을 갈아엎어 토양을 바꿀 근본적인 변화 없이 나무를 골라 옮겨 심는 정도의 기회주의적인 부르주아 민주주의가 다시 점령한 것이다. 그래서 촛불도 계속 광화문 광장에 갇혀 있었고 세월호의 노란 리본도 광화문 광장에 갇혀 있었다.

촛불의 시작은 창대했으나 끝은 미미했다. 30년 전 박종철, 이한열의 시체를 거름으로 피운 부르주아 민주주의의 꽃은 피자마자 졌다. 30년 후 세월호 아이들과 백남기의 시체를 거름으로 피운 불꽃도 피자마자 졌다. 6월 민주항쟁에 벽돌 한 장씩을 얹었던 청춘들은 노동 없는 디지털 촛불에 눈이 멀어 모래알처럼 흩어졌다.

이제 광화문 광장은 텅 비었다. 독재의 무기는 칼이고 자본의 무기는 돈이다. 칼은 몸을 베고 돈은 정신을 벤다. 우리는 몸도 베였고 정신도 베였다. 아직 우리는 이것밖에 안 된다.

앞으로도 우리의 입은 여전히 진보를 외칠 것이고, 발은 지폐가 깔린 안전한 길을 골라 걸을 것이다. 촛불의 열매를 챙긴 소수의 민주주의적 엘리트들 역시 노동하는 대중을 벌레처럼 털어내며 더욱 창대할 것이다. 대한민국은 여전히 민주공화국이 아니라 의회공화국이며 모든 권력도 국민이 아니라 자본, 그리고 좌우 상관없이 소수의 엘리트들에게서 나온다. 그러므로 심지 없는 디지털 촛불이 아무리 타올라 풀과 물을 불로 바꿔놓을지라도 우리의 '비정규직 민주주의'는 여전할 것이고 세상도 적당히 바뀔 만큼만 바뀔 것이다. 그래서 나는 촛불이 곁에 있어도 촛불이 슬프다.

토끼

훈련

1970년대 초 미군 병사들은 베트남전쟁에 투입되기 전에 먼저 다음과 같은 훈련을 받았다. 예쁘고 귀여운 토끼들을 훈련장에 풀어놓고 병사들과 놀게 하다가 갑자기 교관이 칼로 토끼들의 목을 쳐 죽이기 시작했다. 그러고는 토끼들의 가죽을 벗긴 후 배를 가르고 내장을 꺼내 훈련병들에게 던진 다음, 그 내장을 장난감처럼 갖고 놀게 만들었다. 전쟁 전, 미리 학살에 단련되게 한 것이다. 이 학살 면역 훈련을 '토끼 훈련 rabbit lesson'이라고 불렀다. 베트남전쟁에서의 수많은 학살은 우연도 실수도 아니었다.

네잎클로버

세잎클로버의 꽃말은 '행복'이고
네잎클로버의 꽃말은 '행운'이다.
우리는 행운의 네잎클로버
하나를 찾기 위해
얼마나 많은 세잎클로버의
행복을 짓밟았던가.

필경사
바틀비처럼

허먼 멜빌Herman Melville의 단편소설 〈필경사 바틀비〉에서
주인공 바틀비는 왜 그랬을까……. 바틀비는 법률 서류를 정
교하게 베끼는 일을 하는 '필경사'라는 직업을 가졌다. 실수
하나 없이 정확하고 근면성실한 그는 사장이 가장 좋아하는
직원이다. 그런데 그가 어느 날부터 갑자기 사장의 지시를
거부하기 시작했다.

"그렇게 하고 싶지 않습니다."
"그렇게 하고 싶지 않다니, 무슨 소리야? 자네 미쳤어?

이 서류를 비교하게 도와달란 말이야. 이거 받아."

"그렇게 하지 않는 편을 택하겠습니다(I would not prefer to)."

바틀비는 최대한 정중한 표현으로 공손하게 거절했다. "그렇게 하지 않는 편을 택하겠습니다."라는 표현은 "싫습니다" "못하겠습니다"라는 단순한 거부에 비해 주체적 선택을 강조한 훨씬 더 적극적인 의사표현이다. 그것은 '자살'과 '자발적 죽음'만큼이나 표현의 간극이 깊다.

그런데 바틀비는 업무를 거부할 만한 특별한 개인사정이나 객관적으로 타당한 이유도 없고, 그렇다고 악의 같은 것도 없었다. 그의 돌변한 태도에 사무실의 다른 직원들은 미쳤다고 비난했고, 또 이로 인해 자기들의 작업량이 많아지자 바틀비를 퇴출시켜야 한다고 주장했다. 마침내 온갖 회유와 설득을 포기한 사장이 그를 해고했지만 소용없었다. 출근하면서도 일은 거부하다가 아예 사무실에 몰래 거주하기까지 했다. 나중에 들킨 후에도 나가지 않자 사장은 어쩔 수 없이 다른 직원들과 함께 사무실을 옮겨버렸다. 그 후 바틀비는 주민신고로 구속되었고 감옥에서도 식사를 거부하다가 결국 영양실조로 죽었다.

바틀비는 왜 그랬을까? 과거에 무슨 일이 있었을까? 그는 필경사로 일하기 전, 워싱턴의 한 우체국 직원이었다. 주소지가 불분명한 편지들을 전부 태워버리는 게 바틀비의 업무였다. 그 편지들 중에는 애틋하고 절절한 연애편지도 있었을 것이고 전장에 나간 자식들의 생사를 걱정하는 위문편지도 있었을 것이다. 또 누군가의 손에 끼워질 반지나 누군가의 배고픔을 덜어줄 빵 한 조각이라도 살 지폐 한 장쯤 들어 있었을지도 모른다.

그런데 바틀비는 그것들을 모조리 싹 태워버렸다. 자기 손 하나로 모든 아름다운 삶의 가치와 존재들을 부정했다. 아무 생각 없이 그냥 시키는 대로 했기 때문이다. 마지막에 작가가 탄성하듯 한마디하고 소설은 끝난다.

"아, 바틀비여! 아, 인간이여!"

이 마지막 구절 전까지는 모두 주인공 바틀비의 얘기였다. 그러나 이 마지막 구절을 읽는 순간부터 주인공은 바틀비에서 우리 독자들로 바뀐다. 자연스럽게 '4·16 세월호 침몰사건'이 떠오른다.

누구나 그랬겠지만 내 생애 가장 길고 무력했던 하루는 아침부터 저녁까지 천천히 기울어가는 배를 보고 있을 때였다. 사소하든 사소하지 않든 편지 속의 수많은 인생을 태우고 법률 서류 속의 수많은 송사들을 늘 지루하게 베끼며 느꼈을 바틀비의 무력감과 공허함도 그와 다르지 않을 것이다. 이제 "가만히 있으라."는 선장의 명령은 "그렇게 하지 않는 편을 택하겠습니다."는 바틀비의 거부처럼 "가만히 있지 않겠습니다."로 단호하게 바뀌어야 할 것이다. 이 세상의 수많은 바틀비 같은 보이지 않는 손들에 내 삶의 아름다운 가치들이 편지처럼 불태워지고 한낱 법률 서류의 필사본처럼 베껴지지 않으려면 말이다.

한라산이
가장 아름답게
보이는 곳

강정효 작가의 책 《한라산》에 이런 구절이 나온다.

천의 얼굴, 한라산. 제주도 어느 곳에서나 한라산은 보인다. 하지만 보는 방향에 따라 그 모습이 달라질 수밖에 없다. 그렇다면 한라산이 가장 아름답게 보이는 곳은 어디일까? 제주 사람들은 하나같이 자신이 나고 자란 고향 마을에서 본 한라산을 최고의 풍경으로 꼽는다. 따라서 한라산이 가장 아름답게 보이는 곳은 어디일까 하는 질문에 대한 정답은 대답하는 사람의 고향 마을인 것이다.

- 강정효, 《한라산》, 돌베개

강 작가도 얘기했듯 대답이 주관적일 수밖에 없고, 어쩌면 제주를 찾는 외지인의 눈이 더 객관적일 수도 있다. 물론 강 작가의 눈에는 애월 중산간에서 보는 한라산이 가장 아름답다. 또 제주가 고향은 아니지만 오랫동안 4·3이나 미 해군기지 반대 투쟁을 한 조성봉 다큐멘터리 영화감독에게는 서귀포 강정에서 보는 한라산이 최고일 것이다.

나도 '육짓것'의 한 사람으로서 한라산의 아름다움을 말한다면 가장 아픈 곳에서 보는 한라산이 가장 아름답다. 그런데 제주는 아프지 않은 곳이 없다. 한라산은 모두 다 가장 아프니 모두 다 가장 아름답다.

3퍼센트의

마음

어쩌면 문학은 바닷물에 있는 3퍼센트의 소금 같은 것인지도 모른다. 바닷물이 썩지 않는 것은 이 3퍼센트의 소금 때문이다. 인간도 자세히 뜯어보면 93퍼센트는 오염된 탁류와 같다. 다만 소금 같은 3퍼센트의 마음 때문에 그나마 완전히 썩지 않고 살아가는 것이라고 생각한다. 그 3퍼센트는 사는 대로 생각하는 것이 아니라 생각하는 대로 살아가기 위한 끊임없는 자기성찰에서 비롯된다. 그런 점에서 난 사상이 다르면 친구도 될 수 없다는 '종북좌파從Book坐派'라고 단호하게 말한다.

종북좌파, 이것은 분단의 역사가 이어지고 있는 한국 사회에서 가장 피곤하고 가장 무서운 딱지다. 선거 때만 되면 전 국민이 서로 '딱지치기'에 정신이 없다. 조용히 엎드려 있는 딱지의 등을 사정없이 내리쳐 한 인생을 송두리째 뒤집는다. 인생이 의도하지 않은 폭력에 뒤집어지며 반전이 일어나는 우리 현대사를 보는 듯하다. 그러니 그런 나라의 '국민으로 살기'가 얼마나 피곤하겠는가.

　시인 파블로 네루다 Pablo Neruda 의 말이 새삼 간절하게 떠오른다.

　"인간에게 어떤 딱지도 붙이지 않는 세상에 가서 살고 싶다."

마지막

바이올린

연주

어둠이 우리를 포위했다. 바이올린 소리밖에 들리지 않았다. 율리에크의 영혼이 바이올린의 활이 된 것 같았다. 이루지 못한 그의 희망과 숯처럼 새까맣게 탄 과거와 사라져버린 그의 미래가.

– 엘리 위젤 저, 김하락 역, 《나이트》, 예담

어느 깊은 밤, 바이올린 소리가 수용소에 울려 퍼졌다. 밤마다 한 소년이 동료 죄수들의 시름을 달래기 위해 바이올린을 연주했다. 그런데 이날은 모두 자신들의 귀를 의심하지 않을 수 없었다. 유대인에겐 연주가 금지된 베토벤의 곡이었기 때문이다. 수용소의 유대인들은 눈물을 흘리며 조용히 음악을 들었다. 달빛처럼 은은하게 흐르던 바이올린 소리가 갑자기 뚝 멈췄다. 정적이 계속되었다.

다음 날 아침, 교수대에는 바이올린과 함께 소년이 매달려 있었다.

미친

시간

베트남전쟁 당시 미군 병사들은 무료하고 권태로울 때가 많았다. 위험한 전투는 주로 귀신도 잡는다는 한국군에게 맡겼기 때문이다. 그 대신 미군들은 권태와 스트레스를 풀기 위해 2개월마다 한 번씩 5분 정도 '깜짝 이벤트'를 벌였다. 그 이벤트는 병사들이 각자 소지한 모든 무기를 동원해 5분 동안 미군 부대 외의 어떠한 것도 마음대로 파괴해도 좋다는 것이었다. 병사들은 '미친 듯이' 총질하고 수류탄을 던졌다. 처음에는 산과 하늘을 찢더니 그게 별 재미가 없었던지 나중에는 마을로 달려가 민간인들과 가축을 닥치는 대로 죽이고 지포라이터로 집들을 불태웠다. 그 광란의 시간을 '미친 시간mad minutes'이라고 불렀다.

비유의

상처

내가 무심코 한 비유에 타인은 큰 상처를 받을 수 있다. 몇 년 전 여름, 인터넷은 작가 마광수 교수의 자살과 베스트셀러 시집 《서른, 잔치는 끝났다》의 최영미 시인으로 뜨거웠다. 최영미 시인은 실시간 검색어 1위에 오를 만큼 장안의 화제였다. 최 시인은 자신이 시인이라는 이유로 '고급 호텔에 1년 무료 투숙'을 제안했고 이에 대한 글을 올렸다. 찬반양론이 일기 시작했다. '도발적이고 상큼한 발상'이라는 응원도 많았지만 '갑질하는 시인의 천박한 발상'이라는 비난도 많았다. 특히 한 시인의 영혼을 찢고도 남을 독화살 같은 비난들이 계속 쏟아지자 한 유명 평론가가 나서서 단호한 어조로 최 시인을 옹호하는 칼럼까지 발표했다.

성실하게 노동하지 않고 허황한 소리나 한다고 질타하는 것은 젠더적 관점에서 본다면 매우 폭력적인 것이다. 그들은 훌륭한 시인이자 전문가로서 합당한 사회적 역할을 하고, 그에 걸맞은 대우를 받아야 한다. 그들에게 출판사 번역일이나 시키고 심지어 이를테면 곰인형 눈알붙이기 같은 수준의 막노동일 같은 거라도 하며 '성실하게' 먹고 살라는 건 아무래도 아닌 것 같다. 오죽하면 천하의 최영미가 월 50만 원 근로장려금 수급 사실을 밝히고 월셋방을 전전하는 게 끔찍해 자신을 호텔 홍보요원으로 '판매할' 생각까지 했을까 싶다. 그것은 한 부황기 든 여성시인의 헛소리가 아니다. 내겐 그 소리가 지금 이 순간에도 헬조선의 최저점을 통과하고 있는 이 땅의 거의 모든 여성들이 타전하는 SOS 신호로 들린다.

- 김명인 칼럼, 〈헬조선 최저점을 통과하는 여성들의 SOS〉 중에서, 에큐메니안, 2017. 09. 13.

이 글을 보자마자 난 공감 여부를 떠나 '가시' 같은 대목 하

나가 자꾸 목에 걸려 지인인 평론가에게 알릴까 말까 잠시
망설였다. 그런데 아니나 다를까, 얼마 후 한 독자가 아래와
같은 댓글을 달았다.

"불편한 지점이 있어 몇 자 남기려 했습니다만, 저의 심정
에 공명하는 글이 있어 반갑네요. '곰인형 눈알붙이기'로 저
를 키운 어머니가 생각나서요. 그런 제 어머니가 모욕당했다
고 생각했습니다. 시인의 삶 못지않게 제 어머니의 삶 또한
존중받아 마땅하다고 봅니다."

내 목에 걸린 가시도 바로 이 대목이었다.
"곰인형 눈알붙이기 같은 수준의 막노동일 같은 거."
누가 봐도 비하하는 비유이고 당사자나 당사자의 가족이
들으면 속이 쓰릴 것이다. 다행히 평론가의 사과 댓글도 곧
바로 달려 논란이 종식됐지만 난 이 같은 비유가 일반 작가
들이 흔히 저지르는 실수로 보였다. 직업에 귀천이 없다고
하면서도 작중 인물들의 대립각을 강조하기 위해 무의식적
으로 계급적 위화감을 조장하는 비유들을 쓴다. 청소부 주제
에, 노가다 주제에, 아파트 경비 주제에…… 등등 작품 속의

234

이런 비유들은 남산에서 무심코 던진 돌과 같아서 그 돌에 맞은 계급적 약자들은 치명상을 입는다.

　강자를 공격하는 명분이 아무리 정의로울지라도 약자를 희생양으로 삼을 권리까지 있는 것은 아니다. 작가의 가장 큰 약점은 자신이 약자임에도 강자로 착각하는 것이다. 작가가 유일하게 강자가 될 때는 더 이상 잃을 것이 없다는 자세로 글을 쓰는 결기의 순간뿐이다. 사회적 민주화에는 익숙하지만 자신의 언어적 민주화에는 작가들조차 너무 태만한 오늘이다.

석유에

불타는

성경책

어느 날 양복 차림의 키 큰 외국인들이 아마존의 한 마을에 나타났다. 자신들은 미국 선교사들로 이 마을에 복음을 전하러 왔다며 손에 든 성경책을 흔들었다. 그들은 미국 선교단체인 '서머언어학 연구소' 소속의 선교사들이었다. 세계 곳곳에 퍼져 있는 이 연구소는 주로 가난한 나라의 마을로 들어가 토착민들의 방언을 번역하고 생활사도 채록하고 주변 환경도 연구하는 등 일종의 문화인류학적 선교활동을 하는 단체였다. 그들은 마을에 갈 때마다 늘 초콜릿과 빵, 과자 보따리를 들고 가 아이들에게 공짜로 나눠줬는데 주로 금방 먹고 없어지는 간식들이었다. 물론 오래가는 운동화나 옷, 그리고 무료 영어 교육 같은 것들은 성경 암송, 달리기 등의 작은 경쟁을 거쳐 1등을 한 아이에게만 특별 선물로 주었다. 아이들은 은연중 서로 시기하고 질투했지만 어쨌든 마을은 선교사들이 나타날 때마다 축제 분위기처럼 들떴다.

그런데 6개월쯤 지나자 선교사들은 아이들 대신 어른들을 자주 만났다. 그동안 자기들이 힘들게 주택단지를 마련해놓았는데 그곳으로 이사하면 교육과 의료혜택 등 모든 윤택한 의식주를 무료로 제공한다고 했다. 그 대신 더 이상 살 필요가 없는 이곳의 땅을 팔아준다고 말했다. 주민들은 다소 의견이 분분했지만 좋은 기회라며 결국 모두 이사했다. 얼마 후 미국의 거대 석유회사가 트럭과 중장비들을 마을로 들여와 대대적으로 원유를 채굴하는 공사를 시작했다. 이 무렵 에콰도르 최초로, 민주적 방식으로 선출된 롤도스Roldos 대통령이 미국의 석유 운영권과 이권을 전면 박탈하고 그 앞잡이 노릇을 한 '서머언어학 연구소'의 선교사들을 모두 국외로 추방해버렸다.

몇 주 후 남미의 전 언론이 충격적인 톱뉴스로 장식되었다.

"롤도스 대통령 사망 – 미 CIA 암살 공작"

롤도스 대통령 부부가 타고 가던 헬기가 공중에서 폭발한 것이다. 레이건Reagan 대통령 시절의 미국 언론들에는 단 한 줄의 기사도 나오지 않았다. 미국의 세계적 음모를 목숨 걸고 폭로한《경제 저격수의 고백》의 저자 존 퍼킨스John Perkins 는 이 사고가 미 CIA 해외 암살 공작팀인 '자칼'의 소행이 분명하다고 말했다. 곧 새로 집권한 에콰도르 대통령은 모든 석유 이권의 배분을 미국 석유회사 90퍼센트, 에콰도르 10퍼센트로 결정하고 추방한 '서머언어학 연구소'의 선교사들을 다시 불러들였다. 에콰도르 국민들은 일제히 석유로 성경책을 불태웠다.

4부

영혼의 목걸이

낡은

악기

　오래전 한 바이올리니스트와 얘기하다가 머리에 불이 반짝 켜졌다. 그는 연주가 끝나면 언제나 바이올린 줄을 모두 느슨하게 풀어놓는다고 했다. 줄이 팽팽하게 조여진 상태에서 보관하면 미세하게나마 나무도 뒤틀리고 줄도 약해진다고 한다. 바이올린 줄도 사람의 신경처럼 섬세하고 예민해 그 미세한 차이로 음의 무늬와 빛깔이 변한다는 것이다. 그날 이후 난 어떤 일을 매듭지을 때마다 절로 산으로 훌쩍 여행을 떠났다. 몸과 마음의 신경 줄을 모두 느슨하게 풀어 잠시나마 내 자신의 긴장된 현에서 탈출해 해방되길 원했다.

그런 후 원래의 자리로 돌아와 다음 연주를 위해 다시 줄을 팽팽히 조이곤 했다.

얼마 전 그 바이올리니스트가 낡고 오래된 바이올린을 새것으로 교체했다는 얘기를 들었다. 그 순간 나도 내 예민한 신경줄과 낡은 인생까지도 아예 교체해버리고 싶었는데 불가능했다. 인간의 삶은 교체할 수 없고 처음으로 돌아가 다시 시작할 수 없다는 것, 아무리 훌쩍 떠나 마음을 비워봤자 결국은 오래된 악기처럼 그냥 낡아가야 한다는 것, 안타깝게도 세월이 흐를수록 더욱 미련이 된다. 내 머리에 켜져 있던 불이 깜박깜박하더니 꺼져버렸다.

양심의

거울

가정집에 침입한 강도가 가장 놀라는 것이 있다. 언뜻 사람이라고 생각하기 쉽지만 정답이 아니다. 바로 거울이다. 강도는 사람을 만나면 칼을 들고 달려들지만 거울을 보면 흠칫 뒤로 물러서게 된다. 복면 쓰고 흉기를 든 자신의 추한 모습을 애써 피하는 것이다.

사람의 마음속에는 각자 양심이라는 것이 있기 때문에 강도 또한 잘못된 행실에 놀라는 것이다. 사람은 누구나 거울에 비친 자신의 모습을 보고 스스로를 돌아보게 된다. 이런 효과를 노린 것이 바로 '양심의 거울'이다. 실제로 시험 치는 학생들의 책상 위에 자기 얼굴이 보이도록 거울을 놓아두었더니 부정행위가 크게 줄었다고 한다. 쓰레기 무단투기 현장에 거울을 설치해 양심을 자극하는 것도 같은 맥락이다. 양심은 24시간 편의점처럼 언제나 영업 중이고 연중무휴다. 그리고 깜깜한 밤이 되어도, 눈을 감고 있어도 게으름을 피우는 법이 없다. 언제나 나의 내면에서 영롱한 빛으로 반짝거린다. 철학자 칸트Kant가 말한 별과 같은 존재가 바로 양심이다. 칸트는 자신의 묘비에 이런 글귀를 남겼다.

생각할수록, 날이 갈수록 내 가슴을 경이로움과 존경심으로 가득 채워주는 두 가지가 있다. 그것은 밤하늘의 반짝이는 별과 내 마음속의 도덕률이다.

시인 윤동주 역시 '마음의 별'을 간직한 사람이었다. 칸트처럼 그 별 하나를 품고 칠흑 같은 어둠을 견뎌냈다.

불일암의
동백꽃

40여 년 전 고교 2학년 때 우연히 순천 송광사 뒷산의 작고 정갈한 한 암자에 들른 적이 있었다. 법정스님이 주지로 은둔하던 불일암이었는데 사립문 옆에는 8개의 붉은 동백꽃이 피어 있었다. 그때 우울한 표정으로 담담하게 말하던 법정스님의 음성이 40여 년이 지난 아직까지도 내 귀에 쟁쟁하다.

"지리산에서 내려온 물이 화개에서 섬진강을 만나는데 강폭이 좁아 소용돌이치는 지점을 여울이라고 하지. 그런데 그 여울이 가장 격렬하게 소용돌이칠 때 햇빛이 가장 찬란하게 빛났네. 문득 햇빛에 부서지는 그 찬란한 순간이 바로 백척간두에서 한 발 내딛는 순간이라는 생각이 들었지. 대하장강이 파란만장한 우리의 현대사라면 여울은 피와 뼈가 가장 많이 묻힌 통곡의 현장이겠지. 몇 해 전에 떠난 젊은이들도 거기 묻혀 있을 테고."

10여 년 전 겨울, 그 8개의 동백꽃들이 대법원에서 호명되었다.

"피고 도예종, 서도원, 하재완, 이수병, 김용원, 송상진, 우홍선, 여정남에 대해 판결한다. 원심을 모두 파기하고 피고들의 전원 무죄를 선고한다."

오래전 소위 '인혁당 사건'으로 구속된 8명의 청년들이 어느 날 새벽에 갑자기 모두 형장의 이슬로 사라졌다. 거기에 충격을 받은 법정스님은 사회민주화 활동을 접고 이 암자로 들어와 혼자 은둔하며 《무소유》라는 책을 썼다. 그리고 사립문 옆의 동백은 스님이 붉은 동백꽃처럼 떨어진 8명의 젊은 영혼들을 위로하기 위해 손수 심은 조화_{弔花}였다. 법정스님은 늘 그 동백꽃을 보며 글을 썼고 수행했다.

　8년 전, 서울대병원 중환자실에서 법정스님이 세상을 떠나기 직전 마지막으로 본 꽃도 고향인 해남 미황사의 주지 금강스님이 보낸 동백꽃이었다.
　동백꽃은 오래 참다가 단숨에 피를 토한다.

"외로워지기 위해

유럽으로 떠난다"

독일 뮌헨의 허름한 뒷골목에 '불이선원'이라는 작은 절이 있다. 이름처럼 스님들이 경전을 공부하고 수행, 정진하는 선원이다. 선원장은 베스트셀러 《만행: 하버드에서 화계사까지》의 저자이자 한국에서 웬만한 인기 스타 이상으로 유명했던 현각스님이다. 난 그에 대해 나를 '형' 대신 '행님'으로 부를 만큼 한국적 정서에 익숙한 임마누엘 패스트라이쉬 (한국명 이만열) 하버드대 박사에게서 많은 얘기를 들었다. 패스트라이쉬는 《인생은 속도가 아니라 방향이다》의 저자이자 현각스님과 미국 예일대, 하버드대 대학원에서 함께 공부한 친구이다.

그런데 몇 년 전 현각스님이 갑자기 한국을 떠나버렸다. 여러 이유들 가운데 하나가 바로 소위 '인기'라는 유명세였다.

그가 세계적인 명문대인 예일대와 하버드대 대학원 출신에다 외모가 출중하다는 것이 '폭풍 인기'에 큰 몫을 한 듯하다. 물론 결정적인 이유는 그의 유명세에 날개를 달아준 베스트셀러 때문일 것이다. 경북 문경 봉암사에서 만난 현각스님의 얼굴에는 그늘이 깊었다. 그의 얘기가 떠올랐다.

"유명해지는 건 전혀 내 뜻이 아니었는데 갑자기 폭풍처럼 찾아왔다. 난 그 유명세를 다른 사람들을 돕는 최선의 방식으로 사용하려고 노력했지만 결국 명성은 또 다른 짐이자 고통이란 걸 깨달았다.

난 외로워지기 위해 유럽으로 떠난다. 거기서 또다시 유명해진다면 난 또 다른 곳으로 떠날 것이다. 선불교의 위대한 스승인 경허스님도 자신이 유명해지자 사라져버렸다. 몇년 뒤 그는 작은 시골 서당에서 아이들에게 한자를 가르치고 있었다. 허름한 평상복을 입고 장발에다가 긴 수염을 하고서……. 나도 언젠가 그런 모습으로 살게 되지 않을까 상상

한다."

어떤 수행자든 많은 사람들로 하여금 자신을 비춰볼 수 있는 거울이 되기를 바랄 것이다. 그런데 그는 자기성찰의 수행자가 아닌 세속적인 연예인으로 비친 것이다.

일본의 어느 절에 아주 아름다운 여승이 있었다. 많은 사람들이 그녀만 보면 넋을 잃고 구애했다. 어느 날 여승이 예리한 면도날로 자기 얼굴을 난도질했다. 그 뒤로 사람들은 여승을 보자마자 고개를 돌렸다. 물론 현각스님이 그 여승과 똑같은 처지였다는 말은 아니다. 그와 유사한 심경이었을 것이라는 의미다.

승려지만 때로는 세속적인 유혹을 받을 때도 있지 않겠느냐는 내 질문에 현각스님은 또 이렇게 대답했다.

"세속적인 재미는 일장춘몽이며 금방 권태에 빠져든다. 수행자가 되기 전, 내 삶은 항상 무언가를 좇는 삶이었다.

돈, 명예, 권력, 사랑……

사람들은 이런 달콤한 속세의 것들을 어떻게 버릴 수 있었느냐고 묻지만 그건 내게 꿀이 아니라 독이었다. 승려의 길은 내 인생 최고의 선택이었다."

현각스님은 외로운 선수행을 위해 먼 미국에서 한국으로 왔다. 세계적인 '명문대' 학벌이라는 '기득권'도 삭발했다. 불쑥 그의 미국 집을 방문했을 때 그의 어머니가 TV 뉴스에 백악관이 나오는 것을 보며 "저기에 네 친구들이 다 모여 있네."라고 말한 일이 생각났다.

수행자는 세속을 버리고 연예인은 세속을 얻는다. 그래서 수행자는 홀로 외로워지고 연예인은 대중 속으로 스며든다. 그런데 삶의 큰 성찰을 위해 정진하는 고독한 수도자가 화려한 상품으로 둔갑하게 되었으니, 그 심정이 얼마나 참담했겠는가.

조용히 수행정진 하러 온 현각스님을 인기 상품으로 이용한 한국 불교는 명민한 파란 눈의 수도자 한 사람을 잃었다. 한국을 떠난 현각스님의 말이 내 귀에 벼락처럼 꽂힌다.

"난 외로워지기 위해 유럽으로 떠난다."

용서

어릴 적 새벽마다 옆집의 달걀을 몰래 훔쳐 먹었다. 어른
들이 달걀을 이로 톡톡 쳐서 깨뜨려 먹는 게 너무 멋있어 보
였다. 나도 달걀을 훔쳐 어른들이 먹는 모습을 흉내 냈다. 처
음에는 하늘을 보며 이로 치는 게 서툴러 얼굴이 달걀로 범
벅이 되었지만 곧 익숙해졌다. 그런데 일주일 후 옆집 아저
씨가 알도 못 낳는 게 모이만 축낸다는 이유로 암탉을 잡아
삶아버렸다. 우리 집에도 한 그릇 맛보라며 삼계탕을 가져왔
다. 아버지가 장남이 먹어야 한다며 나한테 주었다. 나는 억
지로 먹었지만 배가 아파 몰래 다 토해냈다. 그날 이후 지금

까지 난 삼계탕을 먹은 적이 없다. 영문도 모른 채 억울한 누명을 쓰고 목숨을 잃은 50년 전의 그 암탉에게 용서를 빈다.

다시
젊어지고
싶지 않다

나이 드는 게 불편하고 부당하다는 생각이 들수록, 아무리 자신을 부숴도 인생이 그다지 특별해지지 않을수록 두 선배 작가들의 얘기가 떠오른다. 대하소설 《토지》로 폭염 속 내 여름 감방을 서늘하게 만들었던 박경리 작가는 세상을 떠나기 얼마 전 이렇게 썼다.

다시 젊어지고 싶지 않다.

모진 세월 가고…… 아-아-편안하다.

늙어서 이렇게 편안한 것을……. 버리고 갈 것만 남아서 참

홀가분하다.

나와 몇 번 인터뷰를 한 박완서 작가도 타계 전에 이렇게
썼다.

다시 젊어지고 싶지 않다.

하고 싶지 않은 것을 안 하고 싶다고 말할 수 있는 자유가 얼
마나 좋은데 젊음과 바꾸겠는가……. 다시 태어나고 싶지 않
다…….

한 겹 두 겹 어떤 책임을 벗고 점점 가벼워지는 느낌을 음미
하면서 살아가고 싶다.

한국 문단의 대표적인 두 여성 소설가는 원주와 구리의 시
골집에서 홀로 텃밭을 가꾸며 조용히 글을 쓰다가 삶을 마
감했다. 그런데 두 작가의 글에서 서로 묵계라도 한 듯 "다시
젊어지고 싶지 않다."는 말이 똑같이 나온다.

한번 흘러간 물이 다시 돌아오지 않듯 인생도 그렇다. 결
코 삶이 남루하거나 덧없다는 얘기가 아니다. 다시 돌아오지

않고 다시 돌이킬 수 없다는 것, 그것만큼 공평한 것도 없고 그것만큼 자유인 것도 없다. 그동안 얼마나 아프고 힘들게 살아왔는데 다시 돌아가겠는가. 위의 글처럼 두 분은 젊어서 얻지 못한 자유로움을 늙어서 얻었다.

이제 버리고 갈 것만 남아서 참으로 홀가분한 노년의 삶, 더 이상 무엇을 얻으려고 자신을 부수거나 아등바등할 필요가 없는 삶, 가을이 되면 꽃 핀 아름다움을 버려서 열매를 맺고 겨울에 그 열매마저 버림으로써 다가올 봄의 꽃을 준비하는 그런 겨울나무와도 같은 삶. 두 대문호는 겨울나무처럼 삶의 모든 잔가지들을 걷어내고 마지막 버린다는 생각까지 버리며 홀로 여위어가다 눈을 감았다. 그것이 자유고 그것이 바로 아름다움이다.

잘 늙은 절 같은 두 분의 삶을 그리며 내 마음속에 단청 없는 절 하나 짓는다.

대신 아파해줄 수
없는 마음

삶에 지친 그대여

조금만 더 인내해주기 바라오.

내가 그대에게 깊이 빠진 그 순간부터

그대의 따뜻한 생일을 맞은 지금 이 순간까지

지난 세월을 모두 잊은 채 내가 바치는

이 몇 줄의 시를 잠시 들어주기 바라오.

세상사 뜻대로 되지 않아 더욱 초조한 그대여

조금만 더 인내해주기 바라오.

지치고, 실망하고, 자책하고, 분노하면서도

항상 자신을 채찍질하며 살아왔으니

그대 가슴이 얼마나 쓰라리고 저며왔겠소.

이제 더 이상 그대 혼자서만 앓고 시름하며

살지 않아도 될 때가 되었다고 생각하오.

그대 생일에 바치는 이 열네 줄의 축시는

그대가 이 세상에서 얼마나 사랑스러운 사람인지.

또한 그대 없이는 나도 존재할 수 없다는 걸

내 팔뚝의 수인번호처럼 증명하는

내 서투른 방식 중의 하나일 뿐이라오.

　- 프리모 레비, 〈아내의 생일〉

　때로는 아픈 사람보다 옆에서 지켜보는 사람이 대신 아파할 수 없는 그 마음 때문에 더 아플 수도 있다. 어쩌면 프리모 레비의 아내는 견딜 수 없는 고통을 견디려 했고, 오지 않는 것을 기다렸고, 이룰 수 없는 것을 이루려 한 남편이 너무나 안쓰러웠던 나머지 오히려 자신을 학대하며 대신 아파했는지도 모른다.

　사람들은 아프면 약을 먹는다. 약은 몸속에 들어가 그 환자보다 더 앓아주면서 몸을 치유한다. 평생 그 한 알의 알약 같은 존재를 자임한 레비의 아내 루치아······. 그녀는 지금도 남편의 시신 속에서 대신 앓아주고 있는지도 모른다.

영혼의

목걸이

나는 어떤 것을 볼 때마다 '큰 것'보다는 '작은 것'을 본다. 작은 것이 큰 것을 겸하고 있기 때문이다. 오래전에 본, 아마존의 한 부족을 주인공으로 한 다큐멘터리가 떠오른다. 그 다큐에서 유난히 내 시선을 사로잡은 게 있었다. 어른들과 아이들의 목에 걸린 구슬 목걸이였다. 언뜻 다 똑같은 구슬처럼 보였으나 자세히 보니 아니었다. 40여 개의 구슬 가운데 유독 하나만 모양이 달랐다. 다른 아마존 원주민들의 목걸이도 마찬가지였다. 모두 구슬이 하나씩 깨져 있었다.

의도적으로 깨진 구슬을 하나씩 끼워 만든 목걸이.
상처 없는 여러 구슬들 사이에 상처 입은 구슬 하나.

아마존 원주민들은 그 깨진 구슬을 '영혼의 구슬'이라고 불렀다. 깨진 구슬이 없으면 '완벽한 목걸이'가 될지는 몰라도 '영혼의 목걸이'는 될 수가 없을 것이다. 40여 개의 상처 없는 구슬들은 상처 입은 1개의 구슬을 서로 동등하게 배열함으로써 평등한 존재로 거듭난다. 영혼은 불완전할 수밖에 없고 완벽 속에는 영혼이 없다는 것, 불완전하지만 '인간적인 것'을 완성으로 보는 아마존 원주민의 통찰, 처음부터 그들에게는 완벽한 것은 존재하지 않았다. 가장 인간적인 것이 가장 완벽할 뿐이었다.

이 세상 어디든 아마존 원주민의 목걸이 같은 상처가 있다. 하지만 그 상처가 하나라도 남아 있는 한 이 세상은 결코 완전할 수가 없다는 것. 이 천둥 같은 장엄한 화두로 내 영혼은 잿더미로 변했고, 그 후 그 남루한 영혼으로 인해 내 가슴에는 아직도 재가 흩날린다.

모 래

만다라

붉은 적삼을 입은 티베트 승려 4명이 법당의 커다란 원탁으로 된 캔버스에 빙 둘러앉아 그림을 그렸다. 그림 도구는 붓과 물감이 아니라 빨대 같은 대롱과 다양한 색깔의 모래였다. 승려들은 작은 구멍이 뚫린 하얀 마스크를 쓰고 색모래를 대롱에 넣어 입으로 조심스럽게 불었다. 대롱 속의 모래알이 하나둘 캔버스로 옮겨갔다. 티베트 불교의 미술 양식 가운데 하나인 '모래 만다라' 그림이었다. 스님들은 온 정신을 바늘 끝에 집중해 한 땀 한 땀 수를 놓듯 천천히 호흡하며 모래를 불었다. 모래알은 가볍다. 숨결이 조금만 약해도 제

자리에 놓이지 못하고, 숨결이 조금만 강해도 이미 자리 잡은 모래들이 흐트러진다. 마스크를 쓰는 이유도 입바람과 콧바람에서 비롯되는 마음바람을 통제하기 위해서다. 옆에서 지켜보는 많은 한국 스님들이 더 숨을 죽였다.

일출 때 시작한 그림이 석양이 붉게 물들 즈음이 되어서야 부처님 윤곽만 겨우 캔버스 중앙에 나타났다. 다음날도 일출부터 일몰까지 똑같은 방식으로 부처님 주변의 불보살들이 그려졌다. 고도의 집중력과 예술적 감각을 필요로 하는 공동 작업이었다. 깨달음으로 가는 오체투지의 수행 같았다. 승려들은 모두 표정 하나 흐트러지지 않았다.

그렇게 일주일이 지났다. 거대한 원 안에 사각형과 꽃잎들, 삼각형 등이 그려졌다. 마침내 불교의 세계관과 우주관으로 보이는 장엄한 도형이 완성되었다. 그림이 완성되자 구경하던 스님들이 탄성을 질렀다. 곧 티베트 승려들이 함께 기도를 했다. 수많은 모래알 같은 번뇌와 잡념에서 완벽하게 자유로워졌던 순간들을 잠시 떠올리는지도 몰랐다.

기도가 끝난 승려들이 무표정한 얼굴로 원탁 옆에 도열했다. 승려들 가운데 하나가 '금강저'라고 하는 작은 나무막대기를 들고 나와 그림 앞으로 다가갔다. 감탄을 연발하던 스님들이 모두 다시 숨을 죽였다. 그런데 티베트 승려 하나가 잠시 합장하더니 나무막대기를 이용해 '모래 만다라' 그림을 빗자루로 먼지를 쓸듯이 천천히 쓸어버리기 시작했다. 깜짝 놀란 한국 승려들이 혀를 차며 탄식했다. 그러거나 말거나 티베트 승려는 막대기로 계속 그림을 쓸었다. 원탁 아래로 색모래들이 흩어졌다. 얼마 후 아름다운 원탁은 아무 일도 없었던 것처럼 처음의 새하얀 캔버스로 돌아갔다.

신선한 충격이었다. 그 충격은 불교에서 말하는 '무상無相'과도 같다. 헛되고 헛되니 모든 것이 헛되도다······. 이 세상에 존재하는 모든 것들은 사라지므로 모든 아름다움 또한 덧없이 사라진다. 우리는 우주의 가랑잎 위에 잠시 모였다가 흩어지는 모래알일 뿐이다. 때로는 햇빛을 받아 잠깐 반짝이기도 하고, 때로는 같은 모래알끼리 부딪쳐 생채기가 나기도 한다. 그러다가 모래 만다라처럼 한순간에 사라진다. 뒤돌아보니 내가 걸어온 어지러운 발자국 위에 모래들만 자욱이 쌓여 있다.

가장 낮은 자리에
가장 높은 평화가 있다

　세계에서 가장 고독한 장소가 곧 세계에서 가장 안전한 장소이다. 혼자 원 없이 고독을 즐기는 일이 가능하고 핵전쟁이 일어나 세계가 망해도 그곳만은 유일하게 안전할 수 있다. 외국의 여러 매체가 공통적으로 뽑은 그런 곳. 남아프리카 케이프타운에서 배로 일주일이나 걸릴 만큼 멀리 떨어진 영국령 트리스탄다쿠냐섬이다. 여의도보다 약 10배 넓은 이 섬에는 260여 명이 살고 있다.

　그런데 전기도 들어오고 인터넷도 설치되더니 몇 해 전

부터는 여행객을 위한 카페와 레스토랑, 게스트하우스가 생기고, 또 홈스테이도 가능해지면서 많이 문명화되었다. 1961년, 화산이 폭발해 전 인구가 영국으로 대피했다가 2년 후 모두 다시 이 섬으로 귀환했다. 문명화된 영국의 도시에 적응할 수 없었기 때문이다.

사람이 산 지 200년쯤 된 이 섬도 여러 주민들이 사는 공동체 사회이니 법이 필요했을 것이다. 그 당시 섬의 주민들은 전체 회의를 열어 단 한 줄의 법조문만 간명하게 만들었다.

"이 섬에 사는 사람들은 모두 평등하며, 어느 누구도 특권이 없다."

문득 문자를 권력의 씨앗으로 생각해서 아예 만들지 않은 인디언 공동체가 떠오른다. 공정하고 평등한 세상은 낮은 곳으로만 방향을 틀어가는 물길과 같다. 가장 낮은 자리에 가장 높은 평화가 있다. 그곳에 가고 싶다.

손가락

끝의

영혼

"내 손가락들이 연주하는 것을 난 단지 감상했을 뿐입니다."

지금은 세계적인 피아니스트가 된 조성진의 '2015년 쇼팽 콩쿠르' 우승 소감이다. 화가 피카소Picasso가 내 손이 그리는 그림을 난 그저 눈으로 바라보았을 뿐이고, 성악가 파바로티Pavarotti가 내 입이 부르는 노래를 난 그저 귀로 들었을 뿐이고, 축구선수 메시Messi가 내 발이 차는 공을 난 단지 바라보았을 뿐이라는 말과 다름없다. 모두 특별한 노력 없이 타고난 천재성으로 득음 같은 고도의 경지에 이른 것처럼 보인다. 원래 고수들은 쉽게 말한다. 피나는 노력이 처절할수록 더 감춘다.

조성진은 드뷔시의 '월광'에 대해서 "여러 종류의 슬픔이 있다."고 얘기했다. 그의 손가락들은 그 여러 개의 내면적 슬픔을 여러 개의 빛깔과 향기로 연주해 관객들의 세포를 분열시키고 또 생성한다. 연주에 몰입한 관객들은 자기도 모르게 자신의 몸에서 전혀 새로운 감각기관을 발견하기에 이른다. 조성진의 손가락들 끝에 조성진의 영혼들이 물방울처럼 맺혀 있기에 가능한 일이다.

아프고 가난한
사람들을 위한
종소리

새벽 종소리는 가난하고

소외받고 아픈 이가 듣고

벌레며 길가에 구르는 돌멩이도 듣는데

어떻게 따뜻한 손으로 칠 수 있어.

안동 일직교회 종탑 아래에는 이런 글귀가 있다. 동화작
가 권정생 선생이 이 교회 종지기로 있을 때 남긴 글이다. 작
고 낮고 가벼운 존재들을 따뜻하게 품는 동화를 썼던 그는
종을 치는 순간에도 세상의 버려진 것들을 떠올렸을 것이다.

2007년에 세상을 떠난 권 선생은 평생 가난과 병에 시달렸다. 심한 결핵으로 콩팥 한쪽과 방광을 떼어내기도 했다. 평생 몸무게가 37킬로그램을 넘지 못했다. 교회 단칸방에 살며 15년 동안 새벽마다 빠짐없이 종을 쳤다. 또 틈틈이 《강아지 똥》이나 《몽실언니》 같은 뛰어난 동화들을 써서 수백만 독자들의 가슴을 울렸다.

종지기를 그만둔 뒤에도 교회 근처에 8평짜리 흙집을 짓고 그곳에서 세상을 떠날 때까지 살았다. 밤에 쥐가 방에 들어오면 내쫓지 않고 먹거리를 찾아주었다. 베스트셀러 작품이 많아 돈도 많이 벌었지만 '한 달 생활비가 5만 원이면 좀 빠듯하고 10만 원이면 너무 많은 소박한 삶'을 놓지 않았다. 그렇게 평생 모은 돈 12억 원을 아프고 어려운 아이들을 위해 써달라며 고스란히 남기고 눈을 감았다.

"이 돈은 어린이가 사 보는 책에서 나온 인세이니 어린이에게 되돌려주는 것이 마땅하다."는 게 그의 유언이었다.

오래전 인사동에서 《혼자만 잘 살면 무슨 재민겨》의 저자인 전우익 선생과 함께 만났던 권 선생의 모습이 아련히 떠오른다. 동시에 봉화 청량사 여행 때 전우익 선생이 하신 말씀도 떠오른다.

"권정생 형은 진짜 훌륭한 성자지. 그런데 우리 문단에는 왜 권정생 같은 걸출한 작가가 다시 안 나오지?"

가장

아름다운 돌

어릴 때 선생님이 어디서든 가장 아름다운 돌을 5개씩 주워오라는 숙제를 냈다. 전기도 안 들어오고 차도 없는 시골이라 천지사방에 널린 게 돌이었다. 오랜만에 한 사람도 빠짐없이 숙제는 다 해갔지만 선생님은 빙긋이 웃을 뿐 아무 얘기도 없었다. 세 달 뒤 선생님이 갑자기 돌들을 모두 돌려주며 원래 있던 자리로 다시 갖다놓으라는 숙제를 냈다.

아이들은 모두 당황스런 표정이었고 예상대로 돌을 제자리에 두고 온 아이들은 거의 없었다.

며칠 후 선생님이 말했다.

"너희들은 돌만 보았지 그 자리는 보지 않았어.

그 돌이 아름다운 건 그 자리에 그대로 있을 때란다."

"손이 없으니까

발로 쳐요"

20대의 젊은 피아니스트가 TV에 나왔다. 사회자가 "왜 피아노를 발로 치세요?"라고 묻자 담담하게 대답했다.

"너무 피아노를 치고 싶은데 전 손이 없으니까요……."

두 팔 없는 중국의 발가락 피아니스트 류웨이였다. 그는 10살 때 친구들과 숨바꼭질하다가 고압선을 잘못 건드려 두 팔을 모두 잃었다. 청년은 고압선에 감전돼 죽을 운명이었는데 다행히 죽지는 않았으니 자신은 행운아라며 이 삶에 감사하면서 멋지게 살아보겠다고 말했다. 류웨이는 10개의 발가락으로도 아름다운 선율을 만든다.

우리는 늘 뭔가 부족하거나 운이 없다고 핑계를 댄다. 저 젊은 피아니스트는 "이미 팔이 없어졌는데 자꾸 팔이 없다고 핑계를 대는 것만큼 멍청한 짓도 없다."고 한다. 핑계가 많아서 인생이 연착된 자들에게는 따끔한 일침이고, 아프고 괴롭고 힘들어 벼랑 끝에 선 자들에게는 그래도 죽지 않았으니까 한번 멋지게 인생을 걸어볼 만하다는 서늘한 죽비 같은 채찍질이다.

난 힐끗 내 두 팔과 손가락을 번갈아 보았다. 그대로 있었고 정상적으로 작동도 했다. 그리고 슬며시 내 발가락도 내려다보았다. 양쪽에 5개씩 10개 그대로였고, 꼼지락거려보니 역시 손가락처럼 별 문제가 없었다. 그런데 이 발이 내 몸을 지탱해주는 것 외에 더 하는 일이 무엇이지? 라는 생각이 스쳤다.

저 청년의 얘기를 들을수록 안타깝다는 마음보다 아름답고 부끄럽다는 생각이 먼저 들었다. 이제 두 팔 없는 저 아름다운 청년 피아니스트를 보며 거듭 내 자신의 운명을 '행운'이라고 외쳐야겠다. 난 부족한 게 아니라 너무 많이 가졌다는 것을 인정하며 내일부터는 발가락이 생각하는 일을 찾아볼 예정이다.

야매 미장원의
짜장면 한 그릇

한 달에 두어 번 엄마와 짜장면을 먹는다.

그때마다 오늘은 한 그릇만 시켜라 당부하지만

'쟁반짜장'을 모르는 엄마

한 그릇이 왜 이리 많다니…….

음식 남기는 게 아까워 과식을 한다.

식구란 밥 한 그릇을 나눠 먹는 사이

얽히고설킨 쟁반짜장의 면발 같은 생의 길들

젓가락이 부딪칠 때마다

지금은 어디서 식은 밥 몇 숟가락으로 떠돌고 있을

또 다른 식구들이 아른거린다.

허기란 그런 것

삶이 부러진 나무젓가락처럼 쓸쓸해질 때

함께 숟가락을 담그고

따뜻한 국물을 떠먹고 싶은 것

엄마는 돼지고기를 골라 자꾸 내 앞으로 밀지만

배 안에서 슬픔처럼 퉁퉁 불어가는 면발들

난 오랜만에 과식한 엄마의 입을 닦아준다.

    – 조연희, 〈짜장면 한 그릇〉

조연희 시인의 시집 《야매 미장원에서》는 내공이 깊다. 시인의 눈은 무심한 듯 예리하고 치밀하다. 흔들리지 말아야 할 것들이 흔들리거나 변하지 말아야 할 것들이 변하는 순간 어김없이 그 눈에 체포되어 해체되고 다시 조립된다. 큰 것들보다는 작고 사소한 것들 속에서 생의 허기와 통점을 찾아 꽃을 반사시키듯 성찰한다. 작은 것이 큰 것을 겸하고 있기 때문이다. 몇 년 동안 난 시창작 교실 '목련구락부'에서 그의 애틋하게 깊어가는 감성의 내공을 엿보았다.

때로는 날아간 '새의 무게만큼 휘어지는' 나뭇가지에서 그리움의 깊이를 엿본다. 때로는 '곡소리가 끊긴 상갓집'에서 적막한 생을, 때로는 '사후피임약 같은 별이 반짝이는 임대아파트'에서 아득한 소멸을, 때로는 어긋나는 생의 잔가지에서 '절명의 순간에만 피는 꽃'을 엿보기도 한다.

조연희의 시는 늘 '한도 초과된' 남루한 일상의 껍질을 벗겨 존재의 속살로 부드럽게 육박한다. 그녀의 시는 저물면서 빛난다. 가슴이 저민다. 그 시의 주소는 앞으로 상처를 입어도 영혼의 깊이는 잃지 않을 '석양의 뒤안길 1번지'다.

어 린 왕 자 의
행 복

어른을 위한 동화《어린 왕자》에서 우리가 가장 많이 기억하는 것 가운데 하나가 "중요한 것은 눈에 보이지 않는다."는 구절과 여우가 하는 다음 말이다.

"네가 오후 4시에 온다면 난 3시부터 행복해질 거야. 시간이 지날수록 난 더 행복해지겠지. 마침내 4시가 되면 진짜 어쩔 줄을 모를 테고. 행복이 그만큼 소중하다는 걸 느낀단 말야. 하지만 네가 갑자기 불쑥 오면 난 몇 시부터 내 마음을 예쁘게 꾸며야 할지 도통 알 수가 없잖아."

이제 세월이 이슥해져 이 동화를 다시 보니 20살 무렵에 책을 보다가 붉게 줄 쳐놓은 부분을 50대에 다시 읽을 때처럼 민망하고 무안해진다. 앞에 인용한 여우의 말만으로도 그렇다. 여우는 행복이 약속시간에 맞춰서 와야 하는 존재이고, 또 자신을 먼저 꾸미고 준비하지 않으면 행복이 오지 않을지도 모르는 불안한 존재이다. 어떻게 생각하든 행복이 외부 방문자라는 건 똑같다. 내가 여우에게 말해주고 싶은 것도 그것이다. 행복은 외부 방문자가 아니라 날개 같은 것이라고. '새의 날개처럼 누가 밖에서 달아주는 것이 아니라 자기 안에서 살을 찢으며 나오는 것이라고.' 준비된 행복은 준비된 눈물만큼이나 슬프다.

그나저나 지금쯤 어린 왕자도 제법 늙었을 것이다. 어린 왕자는 늙어서 과연 왕이 되었을까. 그런데 가만히 생각해보니 어린 왕자의 작은 별에서는 지구보다 시간이 훨씬 늦게 흐르니까 별로 늙지도 않았을 것 같다. 혹 내가 재수 없이 장수라도 하면 어린 왕자를 찾아가 새의 날개를 달아줄지도 모를 일이다.

영혼의

금메달

2016년 여름 브라질 리우올림픽 때였다. 여자 5,000미터 달리기 준결승 경기 중 뉴질랜드 선수가 트랙에서 넘어지는 사고가 발생하자 바로 뒤따라 달리던 미국 선수도 뉴질랜드 선수와 다리가 뒤엉켜 함께 넘어졌다. 그런데 미국 선수는 얼른 일어났지만 뉴질랜드 선수는 일어나지 못했다.

그러자 미국 선수는 혼자 먼저 달리지 않고 넘어진 뉴질랜드 선수에게 다가가 손을 내밀며 소리쳤다.

"어서 일어나. 경기를 완주해야지."

발목을 다친 뉴질랜드 선수는 미국 선수의 부축으로 일어나 다시 달렸다.

그런데 얼마 못 가 이번엔 미국 선수가 조금 전의 무릎 부상으로 쓰러지고 말았다. 그러자 거꾸로 뉴질랜드 선수가 미국 선수를 일으켜 세워 다시 함께 달렸다. 두 선수는 힘겹게 결승선을 통과한 뒤 뜨겁게 포옹하며 서로의 등을 두드려주었다. 감동적인 모습을 본 관중들이 힘찬 박수갈채를 보냈다. 꼴찌로 완주한 두 선수는 고의성 없는 충돌로 판단되어 모두 결선에 진출했지만 미국 선수는 안타깝게도 부상이 심해 휠체어를 타고 경기장을 떠날 수밖에 없었다. 뉴질랜드 선수가 인터뷰에서 말했다.

"난 저 전광판의 경기 기록보다 아플 때 서로 도우며 달린 미국 선수를 평생 잊지 못할 것이다."

기록 경신과 올림픽 메달에 연연하지 않고 뜨거운 인간애를 보인 뉴질랜드의 니키 햄블린Nikki Hamblin 선수와 미국의 애비 다고스티노Abbey D'agostino 선수.

내 눈에는 그녀들의 텅 빈 목에 '영혼의 금메달'이 주렁주
렁 달려 있었다.

울음은
뼈를
드러내는 일

한겨울 아스팔트에 말라붙은 물고기를 보았다.

삭풍을 견디는 힘은 가시에서 비롯하는 듯

물고기는 스스로 살을 발라버리고

가시를 점점 더 가늘게 벼리고 있었다.

바람은 종종 눈물을 부른다.

울음은 뼈를 드러내는 일

골수까지 얼어붙는 바람이 불어야

더 열심히 울 수 있다고

더 열심히 울어야 악착같이 끌어안을 수 있다고

악착같이 끌어안아야

두 번 다시 너를 보내지 않을 수 있다고

물고기는 마지막 비늘까지 떼어내며

아스팔트 위에 굴신했다.

숨이 턱턱 막히고 목이 조여 오는 세상

스스로 물 밖으로 나온 물고기는

제 몸을 불사르고 청계천을 달린 아들의 엄마

진도 바다에 영문도 모르고 수장된 아이의 엄마

아직 엄마 젖 주무르기를 좋아하던 어린 날

전쟁터에 끌려가 갈기갈기 찢긴

이제는 늙어버린 여자아이

광대뼈가 불거지고 손마디가 굵어지고

거죽 위로 두두룩 뼈마디가 솟아오른

더러는 흙이 된 여자들

한겨울 아스팔트 위에

화석처럼 굳어버린 여자들을 보았다.

그 벼려진 가시 위에 골수처럼 비가 내렸다.

– 박희연, 〈물고기〉

 2017년 '마로니에 전국여성백일장' 시 부문 장원 수상작이
다. 아스팔트에서 "스스로 살을 발라버리고 가시를 점점 더
가늘게 벼리는" 물고기를 통해 전태일의 어머니, 세월호 희
생자의 어머니, 위안부 등 참사를 겪은 여성의 깊은 슬픔을
적막하면서도 섬세하게 그린 수작이다. 특히 "울음은 뼈를
드러내는 일" "물고기는 마지막 비늘까지 떼어내며 아스팔트
위에 굴신했다."는 대목에서 목이 잠긴다.

 세상은 전부를 버리고 하나를 벼릴 때 수직으로 뼈가 돋는
다. 그 뼛속의 골수가 평형수이고 그 골수의 척후병이 세상
의 가시임을 이처럼 유연한 긴장감으로 표현하며, 상처의 속
살을 꿰뚫어가는 게 놀랍다.

 게다가 장원한 시인의 '수상소감'도 시 못지않게 가슴을
울린다. 시인이 아주 어렸을 때 새벽 장사를 나간 부모님 대
신 다운증후군 오빠를 돌보다가 한눈파는 사이 오빠를 잃어
버린 얘기였다. 어린아이는 발만 동동 구르며 골목을 헤매

다가 겨우 오빠를 찾았지만, "시는 종종 그 오빠 같아서 함께 있어도 안심할 수 없고 또 끝내 깨우치지도 못할 화두처럼 막막하다. 잡으려다 놓치는 그 사이에서 교만과 고백, 자기 부정과 울음이 끊임없이 교차했다."는 말이 예사롭지 않다. 이미 시적 폐허를 질러간 바람의 숨결처럼 들린다.

일상의
괴물

몇 년 전 경주와 포항에서 지진이 일어났다. 그때 포항의 한 마트에서 정규직은 모두 퇴근하고 비정규직 직원들만 남아서 헝클어진 매장을 수습했다. 그들은 여진의 공포에 떨면서 밤늦게까지 일했다. 대부분 아르바이트 학생들과 아이 엄마들이었다. 목숨도 정규직과 비정규직으로 차별받는 세상이다. 지진이 무너진 건물의 속살과 잔해만 보여주는 게 아니라 인간의 부서진 양심과 잔인한 본성까지도 드러낸다. 세월호 때도 그랬지만 지진으로 드러난 '인간의 속살과 잔해'를 확인하는 것은 얼마나 슬픈 일인가. 정말 인간은 언제 인간이 되는가. 불쑥 영화 〈생활의 발견〉에 나오는 대사가 떠오른다.

"우리 사람 되는 거 힘들어. 힘들지만 우리, 괴물은 되지 말고 살자."

조르바처럼

소설 하나가 삶의 방향을 틀어버리는 경우도 있다. 뒤늦게 문학에 심취한 50대 중반의 후배 하나가 니코스 카잔차키스 Nikos Kazantzakis의 장편소설 《그리스인 조르바》를 탐독하더니 며칠 동안 깊은 고민에 빠졌다. 내가 "그 소설은 세계의 모든 과부들이 폭동을 일으켜 주인공을 참수하고도 모자랄 아주 고약한 소설"이라고 비난했지만 후배는 그건 껍데기만 본 거라며 "진정한 자유가 무엇인지 새삼 깨닫게 하는 매우 훌륭한 소설"이라고 극찬했다.

그러면서 "도대체 내 인생이 이게 뭐냐. 그동안 헛살았어. 나 떠날 거야." 하더니 정말 어느 날 배낭 하나 메고 외국으로 홀쩍 사라져버렸다. 아마도 후배는 스스로 자유롭다고 우기는 주인공을 조르바가 야유하는 대목에 홀딱 반한 것 같았다.

"천만에. 당신은 절대 자유롭지 않아요. 당신은 긴 줄 끝에 있을 뿐이에요. 당신은 그냥 오가는 그런 걸 자유라고 생각하겠지요. 그렇지만 당신은 그 줄을 절대 잘라버리지 못해요."

이런 질문 같은 것이 후배의 가슴에 송곳처럼 꽂혀 조르바의 길을 선택한 듯했고, 거미줄 같은 온갖 삶의 제도적 연줄을 과감히 끊은 후배의 그 용기가 더없이 부럽기도 했다.

수심이 깊은 바다로 나가면 파도가 높아지지 않는다. 그래서 어부들은 산더미 같은 파도가 밀려오면 오히려 깊은 바다로 뱃머리를 돌린다. 해안의 건물들은 포탄을 맞은 것처럼 초토화되지만 바다로 나간 배들은 손상되지 않는다. 위기상황에서 정면으로 맞대응했기 때문이다. 만약 이들이 육지 쪽으로 피신했다면 어선들은 해안 절벽이나 건물에 부딪혀 부서지고 말았을 것이다.

위험은 회피한다고 물러가지 않는다. 강인한 도전정신으로 위험을 직시할 때 오히려 출구가 열린다. 자전거를 탈 때도 넘어지지 않으려면 오히려 넘어지는 쪽으로 방향을 틀어야 한다. 넘어지는 게 무서워 핸들을 반대쪽으로 꺾으면 더 빨리, 기어코 넘어지고야 만다. 삶의 자전거를 탈 때도 마찬가지다. 위험 속으로 방향을 트는 것이 진짜 용기다. 후배는 몇 년이 지났지만 아직 돌아오지 않았다.

첼로

노란 은행잎이 자욱하게 깔린 길을 누가 자기 키만큼 커다란 첼로를 메고 걷는다. 그 뒷모습을 보고 나도 모르게 따라 걷는다. 나는 바이올린보다 첼로 연주를 자주 듣는다. 바이올린은 내 몸속의 신경을 하나씩 감아 뽑아내듯 날카롭고, 첼로는 비에 젖은 속눈썹 같은 음색이 애틋하기 때문이다. 물론 비운의 천재 첼리스트인 재클린 뒤 프레Jacqueline Du Pré의 연주가 한몫하기도 했다.

첼로는 백허그로 연주하는 유일한 악기이다. 사랑하는 이의 정면을 바라보지 못하는 슬픔을 같은 곳을 같이 바라보는 것으로 달랠 수 있어 그 선율이 더욱 가슴 깊이 스며드는지도 모른다. 첼로를 메고 걷던 사람이 갑자기 사라지고 그 자리에 노란 은행잎만 수북이 쌓여 있다.

하늘로

날아간

물고기

물고기가 하늘로 날아가는 일본 신화가 있다. 연못이나 어항에서 볼 수 있는 주황색 잉어 '고이'다. 이 조그만 물고기는 불가능한 도전을 수차례 시도한다. 깨달음을 얻기 위해서 강물을 거슬러 헤엄쳐 가는 것이다. 고이는 매 순간 집중하고 몰입해야 한다. 한눈을 팔다간 자기도 모르게 거꾸로 바다 입구까지 떠내려간다. 강물에 몸을 실어 떠내려가는 다른 물고기들을 고이는 이해할 수 없다. 또 그런 고이를 다른 물고기들은 이해하지 못한다. 그냥 시류에 어울려 살지 지가 뭐 그리 대단하다고 오를 수 없는 강물에 맞서 거슬러 간단 말인가. 고이는 빈정대는 친구들을 애써 모른 체한다. 사실은 자신도 다른 물고기들처럼 강물에 편안히 몸을 맡기고 싶다.

　그러나 도도하게 흐르는 강물이 어디서 시작되었는지 알고 싶었다. 고이는 모난 돌에 부딪혀 피가 나고 큰 고기들에게 공격받았지만 포기하지 않고 이 강물의 원천으로 외로운 탐험 여행을 계속했다. 강물의 상류로 올라갈수록 폭이 좁아지면서 물살도 더욱 거세졌다. 마침내 고이의 체력이 거의 바닥났을 때 고이를 완벽하게 좌절시킬 만한 막강한 장애물이 나타났다. 끝이 아득한 수직 폭포였다. 하늘에서 세차게 내리꽂히는 폭포수는 고이의 몸을 폭파할 기세였다. 고이는 절망하면서 물끄러미 폭포를 쳐다만 볼 뿐이었다. 그러다가 한순간 고이는 불가능한 상상력을 펼치기 시작했다.

　"내가 비록 물고기지만 이제부터는 물고기이기를 포기할 거야. 지느러미와 꼬리를 날개로 만들어 폭포 위로 날아가겠어!"

　고이의 자기확신이 그 순간 그를 한 마리 용으로 바꿔버렸다. 고이는 용이 되어 단숨에 하늘로 훨훨 날아올랐다.

햇빛 때문에

자살하지 않았다

감옥에는 '재소자 준수사항'이 30개쯤 된다. 물론 군대보다 더 엄격한 통제와 감시를 받는 곳이니 첫째가 교도관의 명령에 복종하는 것이지만 자살해서는 안 된다는 규정도 있다. 내 눈에는 자살할 권리가 없다는 것으로 보였다. 언론에는 보도되지 않지만 감옥에서 자살하는 사람이 많다.

'통혁당사건'으로 무기수가 된 신영복 선생이 추운 독방에 있을 때 "난 왜 자살하지 않는가?" 하고 한동안 심각하게 자문했다고 한다. 신 선생은 스스로 그 이유를 두 가지로 결론

내렸다. 첫째는 햇빛 때문이었다. 당시 독방에 북서향으로 두 시간쯤 햇빛이 들어왔는데 빛의 면적이 가장 클 때가 신문지를 활짝 펼친 크기였다. 그 햇빛을 무릎 위에 가득 올려놓고 있을 때 마치 어린 딸이라도 보는 것처럼 가장 행복했다. 신 선생은 '오늘 죽으면 내일은 이 햇빛을 만날 수가 없다.'고 생각했다.

둘째는 슬퍼할 사람들 때문이었다. 자신이 죽으면 부모, 형제와 친구들이 슬퍼할 텐데 그들에게 그런 슬픔을 줄 권리는 자신에게 없었고 그 어디에도 없었던 것이다. 동화 《어린 왕자》에 사막에 불시착해 조난한 비행사가 나온다. 비행사는 생존 가능성이 전혀 없다고 판단해 모든 것을 포기하고 조용히 모래무덤을 판다. 그러면서 독자들에게 자문하듯 말한다.

단지 너 혼자만 죽는 게 아냐. 네 소식을 기다리며 슬퍼할 가족들도 조난자야.

그렇다. 모래무덤은 혼자 파지만 묻히는 건 가족 전부이다. 내일은 내일의 태양이 뜨고 햇빛도 오늘의 햇빛과는 다르다. 내일의 햇빛을 기다린다는 것. 그것이 곧 살아 있다는 증거다. 우리에게는 스스로 슬퍼할 권리는 있지만 다른 사람을 슬프게 할 권리는 없다. 감옥 독방의 좁은 창문으로 스며든 신문지 한 장만큼의 햇빛, 그것 때문에 우리는 지금도 신영복 선생이 쓴 수많은 책 속에 담긴 사색과 성찰의 햇볕을 쬘 수가 있다.

행복한
삶 의
비밀

우리는 타인과 끊임없이 상처를 주고받는다. 어쩌면 산다는 게 서로 상처를 주고받지 않기 위한 하나의 처절한 몸부림인지도 모른다. 그 몸부림 가운데 하나가 사람과 사람 사이에 다리를 놓아 서로를 연결하는 일이다.

하버드대학교의 한 연구소가 졸업생 268명의 인생을 75년 동안 추적해 '행복한 삶의 비밀'을 밝혔다. 여러 가지 중 그 첫 번째가 '타인과의 연결'이었다. 우리에게는 사업적 인맥도 있고 개인적인 관계도 있을 것이다. 중요한 건 혼자 살면

섬처럼 고립된다는 점이다. 진정한 연결은 서로 간의 절실한 필요가 만나 이루어진다. 결국 우리를 지탱해주는 것은 '연결'이고 연결은 상처와 잘린 부분을 치유해준다.

날마다 누군가가 상처를 치유하기 위해 다리를 건너가고 또 다른 누군가가 상처를 치유하기 위해 다리를 건너온다.

친구

오랜만에 늦게 결혼한 후배를 만났는데 여러 얘기를 하다
가 유치원 다니는 딸 얘기를 들려주었다. 어느 날 퇴근 후 동
네 공원에서 만나기로 약속했는데 한참이나 늦게 나타나 야
단치려다 움찔했다는 것이다.

"약속해놓고 왜 이렇게 늦었어?"
"친구가 키우던 햄스터가 죽어서 슬퍼하길래 옆에서 같이
슬퍼해주느라고……"
"……"

후배 얘기를 듣다가 내 어린 시절이 떠올랐다. 초등학교 1학년 때였다. 어느 날 아침 십 리 밖 학교로 가는 길에 친구들과 함께 참외 서리를 하며 정신없이 노느라 늦었다. 우리는 지각이 무서워 허리에 책보따리를 불끈 매고 필통이 딸그락거리는 소리를 들으며 열심히 달렸다. 그러다가 내가 그만 돌부리에 걸려 넘어졌다. 그러자 뒤따라오던 아이도 내 옆에 넘어졌다. 난 아파서 울다가 옆에 넘어진 아이의 울음을 보자 눈물 대신 웃음이 저절로 나왔다. 우리는 서로 웃으며 벌떡 일어나 힘껏 달렸다.

40년이 지나 어른이 되었을 때, 내가 그 친구의 어깨를 툭 치며 말했다.

"그때 고마웠어."

"뭐가?"

"국민학교 때 니가 내 옆에 일부러 넘어져준 거……."

"짜식, 알고 있었구나. 하하하."

문득 인디언들이 말하는 '친구'의 의미가 새삼 가슴에 등불을 밝힌다. 인디언들에게 친구는 '슬픔을 함께 나누는 것',

'짐을 함께 나누어 지는 것'이란 두 가지 뜻이 있다. 그동안 살아온 날이든 앞으로 살아갈 날이든 결국 사람 사는 일이란 세월호의 슬픔처럼 같이 아파해주고 같이 울어주는 일인지도 모른다.

히말라야의

눈표범

《내셔널지오그래픽》지에 히말라야의 야생 눈표범이 나왔다. 입을 크게 벌려 혀를 쭉 내민 옅은 회색빛 눈표범은 마치 큰 고양이로 착각할 만큼 고양이를 빼닮았다. 아직도 세계에서 가장 척박하고 가장 높은 히말라야 산맥에 멸종 위기의 천연기념물인 눈표범이 산다는 게 신기했다. 먹을 것도 없고 산소도 희박해 사자와 호랑이도 범접할 수 없는 영역에서 살아가는 눈표범은 어쩌면 신의 거처에서 신을 지키는 영물일지도 모른다.

눈표범이 사는 주변으로 키 작은 풀들이 자라고 있었다. 저 영역은 비교적 먹이사슬의 안정권에 든 모양이었다. 물론 눈표범이 살고 있다는 것 자체가 이미 그 지역의 자연환경이 건강하다는 뜻이기도 했다. 눈표범의 주변에는 산양 같은 초식동물들이 100마리쯤 살고 있다. 눈표범은 그 가운데 매년 20~30마리쯤 사냥해서 살아간다. 그러니까 눈표범이 잡아먹지 않으면 산양이나 염소 같은 초식동물들이 너무 불어나 풀이 씨가 마른다. 풀이 사라지면 땅도 부실해지고 초식동물도 사라진다. 결국 눈표범이 적당히 잡아먹어야 초식동물의 개체수가 조절돼 높고 척박한 산에도 풀이 자라 여러 동물이 어울려 살 수 있다.

이제 천적인 사람만 조심하면 된다. 지구상의 모든 동물들에게 도무지 대책 없는 게 인간이다. 눈표범에게도 역시 가장 위험한 동물은 인간이다. 희귀한 표범 가죽에 눈먼 밀렵꾼들이 총과 산소통을 메고 히말라야 설산까지 기어 올라가 사냥을 한다. 물론 그때 눈표범은 바위 동굴 같은 곳에 깊이 숨어서 긴 꼬리에 저장한 비상식량으로 버텨낸다.

잡지를 덮기 전에 눈표범의 눈을 뚫어지게 보았다. 문득 저 눈표범의 존재가 나에게는 참을 수 없는 존재의 세기말적 계시처럼 느껴진다. 결코 저 눈표범과 인간은 공존할 수 없다. 그러기엔 너무 늦었다. 어쩌면 저 눈표범이 스스로 히말라야를 버리는 날과 인간이 스스로 세상을 버리는 날이 겹칠지도 모른다.

생은 아물지 않는다

2020년 9월 15일 초판 1쇄 발행

지은이 · 이산하
펴낸이 · 정법안 | 경영고문 · 박시형

책임편집 · 추윤영 | 디자인 · 임동렬
마케팅 · 양근모, 권금숙, 양봉호, 임지윤, 조히라, 유미정 | 디지털콘텐츠 · 김명래
경영지원 · 김현우, 문경국 | 해외기획 · 우정민, 배혜림
펴낸곳 · 마음서재 | 출판신고 · 2006년 9월 25일 제406-2006-000210호
주소 · 서울시 마포구 월드컵북로 396 누리꿈스퀘어 비즈니스타워 18층
전화 · 02-6712-9800 | 팩스 · 02-6712-9810 | 이메일 · info@smpk.kr

ⓒ 이산하(저작권자와 맺은 특약에 따라 검인을 생략합니다)
ISBN 979-11-6534-231-9 (03810)

- 이 책은 저작권법에 따라 보호받는 저작물이므로 무단전재와 무단복제를 금지하며, 이 책 내
  용의 전부 또는 일부를 이용하려면 반드시 저작권자와 마음서재의 서면동의를 받아야 합니다.
- 이 책의 국립중앙도서관 출판시도서목록은 서지정보유통지원시스템 홈페이지(http://seoji.
  nl.go.kr)와 국가자료공동목록시스템(http://www.nl.go.kr/kolisnet)에서 이용하실 수 있습니다.
  (CIP제어번호:CIP2020036576)
- 잘못된 책은 구입하신 서점에서 바꿔드립니다.   • 책값은 뒤표지에 있습니다.
- 마음서재는 (주)쌤앤파커스의 브랜드입니다.

쌤앤파커스(Sam&Parkers)는 독자 여러분의 책에 관한 아이디어와 원고 투고를 설레는 마음으로 기다
리고 있습니다. 책으로 엮기를 원하는 아이디어가 있으신 분은 이메일 book@smpk.kr로 간단한 개요
와 취지, 연락처 등을 보내주세요. 머뭇거리지 말고 문을 두드리세요. 길이 열립니다.